■海上自衛隊 P-1 哨戒機

全長　38.0m
全幅　35.4m
全高　12.1m
基本離陸重量　79,700kg
乗員数　搭乗員席 11名 + 予備席 14名
最大速度　996km/h (538knot)
巡航速度　833km/h (450knot)
航続距離　8,000km (4,320nmi)
実用上昇限度　13,520m (44,200ft)

武装　主翼下パイロン８台と胴体ウェポン・ベイに空対艦ミサイル、対潜爆弾、魚雷などを9,000kg以上の搭載が可能
ソノブイは126本を搭載

アメリカ陥落5

ロシアの鳴動

大石英司
Eiji Oishi

C★NOVELS

口絵・挿画　安田忠幸
地図　平面惑星

目次

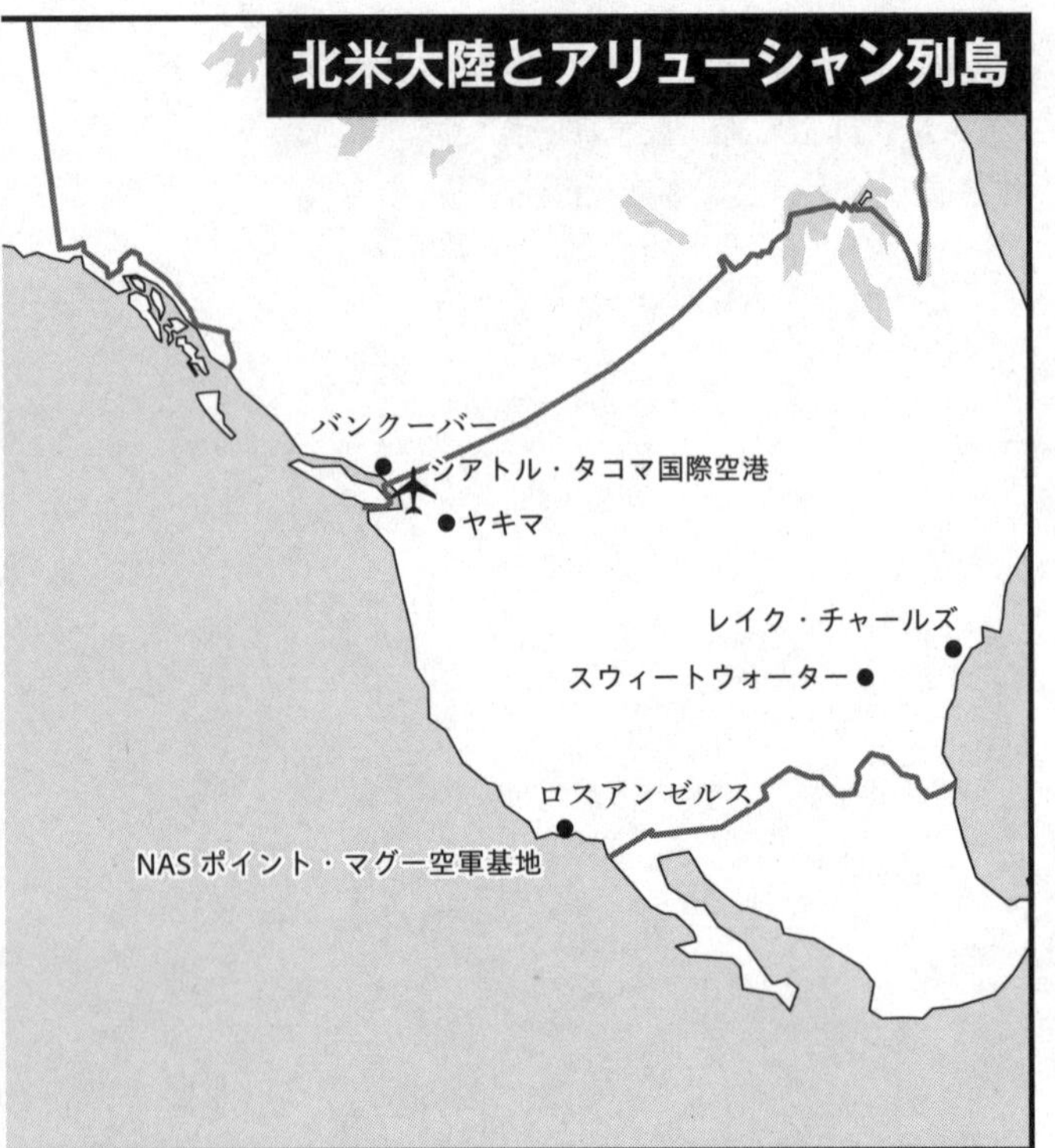
北米大陸とアリューシャン列島
バンクーバー
シアトル・タコマ国際空港
ヤキマ
レイク・チャールズ
スウィートウォーター
ロスアンゼルス
NAS ポイント・マグー空軍基地

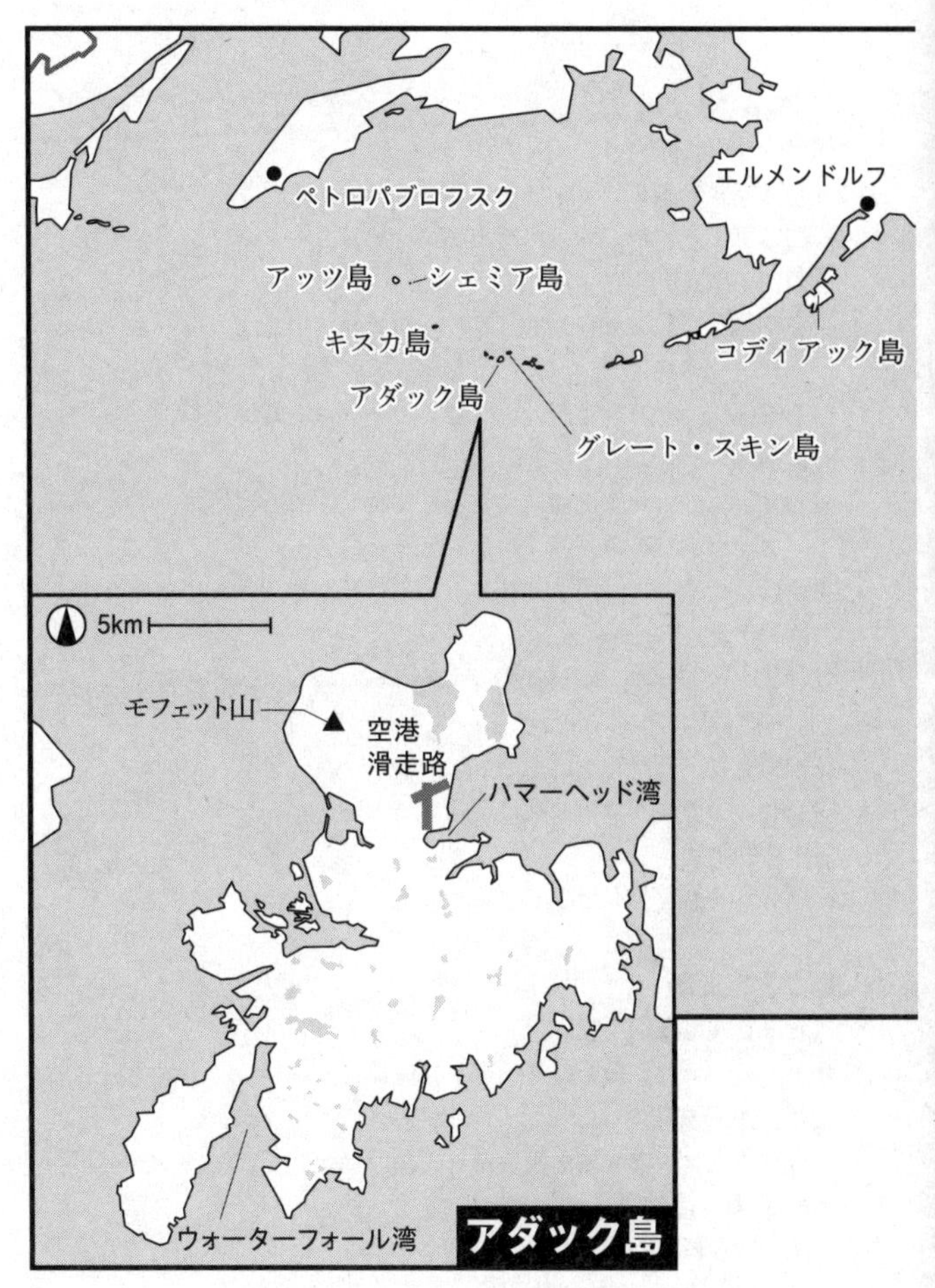
エルメンドルフ
ペトロパブロフスク
アッツ島
シェミア島
キスカ島
コディアック島
アダック島
グレート・スキン島
5km
モフェット山
空港
滑走路
ハマーヘッド湾
ウォーターフォール湾
アダック島

登場人物紹介

【日本】

●陸上自衛隊

《特殊部隊サイレント・コア》

土門康平（どもんこうへい）　陸将補。北米派遣東郷司令官。コードネーム：デナリ。

〈原田小隊〉

原田拓海（はらだたくみ）　三佐。海自生徒隊卒、空自救難隊出身。コードネーム：ハンター。

待田晴郎（まちだはるお）　一曹。地図読みのプロ。コードネーム：ガル。

〈姜小隊〉

姜彩夏（かんあやか）　二佐。元韓国陸軍参謀本部作戦二課に所属。コードネーム：ブラックバーン。

井伊翔（いいかける）　一曹。姜小隊のＩＴエンジニア。コードネーム：リベット。

〈訓練小隊〉

甘利宏（あまりひろし）　一曹。元は海自のメディック。コードネーム：コブラ・アイス。

花輪美麗（はなわびれい）　三曹。北京語遣い。コードネーム：タオ。

駒鳥綾（こまとりあや）　三曹。護身術に長ける。コードネーム：レスラー。

《水陸機動団》

司馬光（しばひかる）　一佐。水機団格闘技教官。

●海上自衛隊

《北米支援艦隊司令部》

井上茂人（いのうえしげと）　海将。護衛艦隊司令部幕僚長。

《第四護衛隊群》

・ヘリコプター搭載護衛艦ＤＤＨ-184〝かが〟（二六〇〇〇トン）

牧野章吾（まきのしょうご）　海将補。群司令。

《第４航空群》

〈第３航空隊第31飛行隊〉

遠藤兼人（えんどうかねと）　二佐。飛行隊長。

佐久間和政（さくまかずまさ）　三佐。機長。

木暮楓（こぐれかえで）　一尉。副操縦士。

野本理沙（のもとりさ）　三曹。

●統合幕僚部

三村香苗（みむらかなえ）　一佐。統幕運用部付き。空自E-２C乗り。北米邦人救難指揮所の指揮を執る。

倉田良樹（くらたよしき）　二佐。統幕運用部。海自出身。P-１乗り。

●在シアトル日本総領事館

一条実弥（いちじょうさねみ）　総領事。

土門恵理子（どもんえりこ）　二等書記官。

●ロスアンゼルス総領事館

藤原兼人（ふじわらかねと）　一等書記官。

【アメリカ】

●陸軍

・第160特殊作戦航空連隊〝ナイト・ストーカーズ〟

メイソン・バーデン　陸軍中佐。シェミア分遣隊隊長。

ニコラス・フィリップス　陸軍少佐。機長。

ベラ・ウエスト　陸軍中尉。副操縦士。

パーカー・ヘルナンデス　特技兵。機上整備兵。

●海軍

・アダック島施設管理隊

アクセル・ベイカー　海軍中佐。司令官。

ランドン・ロジャース　海軍少佐。副司令官。

スーザン・ベントン　少尉。管制塔管制官。

・ネイビー・シールズ・チーム７

イーライ・ハント　海軍中尉。

ホセ・ディアス　曹長。

マシュー・ライス　上等兵曹（軍曹）。狙撃手。

ティム・マーフィ　軍曹。

●ＦＢＩ

ニック・ジャレット　捜査官。行動分析課のベテラン・プロファイラー。

ルーシー・チャン　捜査官。行動分析課新人。

ロン・ノックス　捜査官。サルベージ班のハンドラー。

●ロス市警

カミーラ・オリバレス　巡査長。ヴァレー管区。

●テキサス州郡警察（ノーラン郡）

ヘンリー・アライ　巡査部長。

オリバー・ハッカネン　検死医。

トシロー・アライ　元警部。ヘンリーの父親。

●テキサス・レンジャー

デビッド・シモンズ　中尉。

〈〝グリーン24〞プラトーン〉

ドミニク・ジョーダン　軍曹。リーダー。通称〝サージャント〞。

●その他

西山穣一（にしやまじょういち）　ジョーイ・西山。スウィートウォーターでスシ・レストランを経営。

ソユン・キム　穣一の妻。

千代丸（ちよまる）　穣一とソユンの息子。

根岸翔（ねぎしかける）　西山のレストランで働く学生バイト。

ダニエル・パク　下院議員。カリフォルニア州の大統領選候補。

【カナダ】

●カナダ国防軍・統合作戦司令部（CJOC）

アイコ・ルグラン　陸軍少佐。日本人の母を持ち、陸自の指揮幕僚過程（CGS）修了。

【ロシア】

●海軍

・特殊部隊（スペツナズ）第 101 分遣隊

レナート・カラガノフ　軍曹。スポッター。

マクシム・バザロフ　伍長。狙撃手。

・海軍航空隊

ボリス・イオノフ　中佐。

ヴィクトル・エフゲニフ　大尉。機長。

●ロシア空挺軍

《第 83 親衛独立空中襲撃旅団》

・第 598 独立空中襲撃大隊

ニコライ・ゲセフ　空挺軍大佐。大隊長。

パベル・テレジン　曹長。

【中国】

●人民解放軍海軍

《東征艦隊（ドンヂャン）》 空母〝福建（フージン）〟（八〇〇〇〇トン）

賀一智（ホヲイーチィ）　海軍中将。艦隊司令官。

黄誠（ホアンチェン）　海軍大佐。政治将校。

徐宝竜（シューバオロン）　海軍中佐。フリゲイト〝九江（ジウジアン）〟艦長。

《海軍陸戦隊》 075 型揚陸艦〝海南（ハイナン）〟（四七〇〇〇トン）

楊孝賢（ヤンシャオシェン）　海軍中佐。隊長。

王高遠（ワンガオユエン）　海軍少佐。副隊長。

張旭光（チャンシューグアン）　海軍大尉。小隊長。

●在シアトル中国総領事館

公一智（ゴンイーチィ）　総領事。

アメリカ陥落5　ロシアの鳴動

プロローグ

川の向こうは、途切れることのない渋滞が続いている。テキサス州政府は、州内に入る避難民の数をコントロールするために検問所を設け、時々開け閉めしていた。検問を開ける時間は不定期で、二時間封鎖されていることもあれば、やっと開いたと思ったら、五分で閉鎖されることもある。

川の向こうからは時々銃声も響いてくれば、マズル・フラッシュの瞬きが夜空の彼方に反射することもある。川を渡った向こうには、もう文明はなかった。電気が止まってすでに一週間になる。上下水道も止まり、トイレも流れない。人口にして、全米の七割がそういう過酷な状況下に置かれていた。

ニューヨーク、ワシントンDC、五大湖周辺、フロリダ、そしてカリフォルニア州。電気と水道、電話、インターネットがあるのはここテキサス州くらいのものだった。

そして、北米中から、避難民がここテキサスへと押し寄せていた。アメリカに残された、最後の文明の在処がここテキサスなのだ。すでにテキサス州の人口三千万の半分に迫る一千万人規模の避難民が殺到していた。

だが、その全米でほぼ唯一とも言える安全なテキサス州から、外へ出ようとしている人々もいた。

州外へ出ようとする車は、ロジを拡大するための業者や州軍の車両を除いて、マイカーはいったん手前で止められた。燃料や食料、支援物資を積んだ民間業者の車両も、基本的に護衛を付けてのコンボイ移動だった。彼らはそれをワゴン・トレイン・フリート、〝幌馬車(ほろばしゃ)隊〟、もしくは頭文字を取ってWTFと呼んでいた。

問題は、それ以外の一般民間人のマイカーだった。州外に暮らす家族の元へと向かう人々だ。危険を承知の彼らは、しかし途中まではWTFの車列に同行するよう強く推奨されていた。そこから先は、それぞれ行き先別に別れて、見知らぬ者同士で幌馬車隊を組むよう、これも強く推奨された。

州政府としての立場は明確で、移動の自由を侵害する気は無いから、州外へ出ることは阻止しないが、安全を考慮するなら、せめて仲間を募って身を守ってくれということだった。州政府は、そのためのコーディネートをしているという立場だった。それに従うことなく川を渡る者がいるにはいたが、九割方の市民は、州政府の誘導に従った。

隣接州は、車に銃を何挺か積んでいれば無事目的地にまで辿り着けるという状況ではなかったからだ。一部に平和が保たれている地域もあるにはあったが、共和党系、民主党系の住民に分かれての銃撃戦も発生し、それぞれの党派をむき出しにして立て籠もっている状況だった。人種でもなく、どの政党を支持するかで安全が左右されていた。

そして、共和党系の安全地帯では、堂々と南部連合旗が掲げられていた。

テキサス州西部のスウィートウォーターという小さな町で日本食レストランを営む、ジョーイ・西山(にしやま)こと西山穣一(じょういち)とソユン・キム夫妻も、東へ向かっていた。八日前、スウィートウォーターを襲撃した巨大竜巻によって、ローンを組んで買ったばかりの自宅は全壊したが、幸い店は無事だった。だが、西山の愛車は竜巻で吹き飛ばされ、家族に唯一無事で残された財産は、妻が乗る中古のヒュンダイ〝ソナタ〟だけだった。バックシートに息子の千代丸を乗せ、会社員時代の西山の同僚を迎えに出発したが、数日経ってようやくテキサスの外へと出られる。電気を始め、インフラが無事なテキサス州内でも、それほど状況は悪化していた。真っ先に悪化したのが道路事情だった。ガソリン・スタンドには長蛇の列で、燃料の入手が最大のハードルとなった。

ここオレンジに着いてからも、行き先別に集団を作らされ、ペーパーへの記入を求められた。強制ではないが、そうすることによってアドバイスできることもあるし、後々、貴方たちが行方不明になった時に、捜索がしやすくなるということだった。

西山らが乗るソナタは、サビーン川沿いの古い造船所の敷地内で、何度か移動を命じられていた。仮設トイレも置かれ、水とビスケット程度の補給も得られたので、贅沢は言えなかった。夜には、医療スタッフが一台一台車をノックしての健康チェックも得られた。

単に、寝る場所が車内というだけだ。うだるような熱帯夜が続いていたが、エンジンを入れっぱなしでエアコンを点けるわけにもいかず、藪蚊と戦いながらの睡眠だ。車用の電池式蚊取りマットがあったが、効果はいまいちだった。窓を全開した上で、夜は、破いたTシャツをダクトテープでウインドー部分に張った。

夜明けと同時に雨が降り出していた。

そして夜明けと同時にようやく動きがあった。暗い内は、州軍ですら川を渡ろうとはしなかった。それほど危険だった。

前方から、カウボーイハットに黄色い雨合羽を羽織った男性が、一台一台車をチェックしていた。雨合羽の裾下から、リボルバーを収めたホルスターが覗いていた。

彼はいったん車に乗り込み、数分話をしてから出てくる。と同時に、別のスタッフが、ワイパー部分に色が付いたリボンを結んでいた。それは合流すべきコンボイの目印らしかった。

西山らも、昨夕ここに到着した時点で、A4判のペーパーを一枚書かされていた。全員の氏名や年齢、目的や緊急連絡先。乗っている車の車種や残燃料まで書く欄があった。

「あの男のバッジ、あれテキサス・レンジャーじゃないか?」

「テキサス・レンジャーって、でももう二〇〇人もいないんでしょう?」

その男性はようやく、前に止まったフォード車に乗り込んでいた。フロリダで暮らす親のところまで、食料を届けに行くという六〇歳前後の白人夫婦が乗っていた。

その車での会話はほんの一分で終わったらしく、男性は、ようやく西山の車に寄ってきた。車内は、水や食料で一杯だったが、その男性が乗り込んでくることに備えて、後部座席に空間を作っておいた。息子の千代丸はまだ寝ていた。

「済まない! ちょっとお邪魔する。雨のせいで、座席を濡らしてしまうが……」

と男性は、後部座席に乗り込んでカウボーイ・ハットを脱いだ。見事なまでに、ピカピカの、まるで剃り上げたみたいな頭だった。そのせいで年齢がよくわからなかった。五〇歳にも見えるが、七〇歳近くにも見える白人男性だ。

「デビッド・シモンズ中尉。テキサス・レンジャーだ」

「カウボーイ・ブーツじゃないんですね？」

とソユンが後ろを振り返りながら言った。

「ああ。あれはまあ、乾燥している時期は良いんだけどね。さすがにこういう天気じゃね」

靴はカウボーイ・ブーツではなく、タクティカル・ブーツだった。シモンズは、ボードに貼った家族の身上書を捲った。

「ええと、スウィートウォーターから州外に？凄いな。何時間掛けて？」

「今日で確か三日目ですかね」

「お仕事はレストラン経営……。あそこは確か、ウォルマートか何かスーパーの近くにスシ・レストランがあったと聞くが……」

「ええ！　それがうちです」

「ああ、そうなんだ。いや、実は妻が韓国系でね。軍隊時代に韓国に駐留していた頃、向こうで一緒になった。隣がアビリーンでしょ。女房の韓国人社会の友だちが一人アビリーンにいて、半年くらい前に、スウィートウォーターで評判のお店があるから、一度食べにいかないか？　と誘われたんだ」

ソユンは、スマホを出して慌てて写真を捲った。そして、店内で撮った写真を一枚見せた。

「彼女じゃないですか？　パクさん」

「あ、そうそう！　この人。韓国系神父がいるダラスの教会の慈善バザーで知り合った。なんだ、テキサスも狭いな……」

「彼女、以前は月二回はいらしていたけれど、最近会ってないような」

「それがね、あれは春先だったかな。図書館から帰る時に、階段を踏み外して腰を折って、一ヶ月くらい入院していたんだよ。今もまだ車椅子生活のはずだ」

「あら、そうなんですか。お見舞いの花でも届けないと」

「スウィートウォーターと言えば、この危機の直前に、でかい竜巻被害があったよね」

「はい。家は全壊して、今この車に積んでいるものが我が家に残された唯一の財産です。でも幸い店は無事でしたから」

「そんな状況なのに、わざわざ友だちを助けに行くの？　サムライだねぇ！　旦那さんはまだ日本国籍のままだから、ダラスの領事館へ駆け込めば、日本行きの便に家族で乗れるだろうに」

「迎えに行くと言っちゃったらしいんです」とソユンは眉をひそめた。

「こんな時でも移動の自由はあるからね。アメリカじゃ、そういう権利は侵害できない」

「テキサス・レンジャーがこういう所を管理するんですか？」

「そう。テキサスと隣のルイジアナを結ぶルートというか橋は七、八本あるんだが、そこを警察や州兵、消防、自治体でコントロールしているわけだけど、誰かが指揮官として責任を負わなきゃならない。そういう時に、テキサス・レンジャーが一人いると、各方面スムーズに回るわけ。それはテキサス・レンジャーが決めたことだから黙って従うしかないとか、何か事故でも起こったら、それはテキサス・レンジャーの責任だから、俺たちの責任じゃないと言い逃れも出来るし。ところで、銃はあるね？」

「ダッシュボードに」

「なら良い。ライセンスを見せろなんて野暮なことは言わない。けれど、もし銃撃戦になったら、みんなの後ろに隠れるように。それがコンボイのルールだ。子供が乗っていたら、前には出ないこと。それと、保証は出来ないからここだけの話だが、携帯のカバー・エリアを拡大する計画が進んでいる。気球とか、中継器を積んだ無人機とかでね。全米でそういう機器や飛行機を開発している連中がテキサス入りしていて、州境を越えて空から中継局を提供しようと頑張っている。低軌道衛星では、やはりいろいろとハードルがあるらしくてね。だから、携帯のバッテリーは大事に使ってくれ。回線は細いし二四時間提供もできないが、運が良ければ繋がるかも知れない。

ここから橋を渡って三〇マイルのレイク・チャールズまではほぼ安全だ。テキサスの補給路が生きている。だが、法執行は、原則として州外では行使できないから、ここにチェックポイントを作っている。その安全圏をさらに六〇マイル先のジェニングスまで広げ、最終的には、二〇〇マイル東のニューオリンズまで延ばそうという計画なんだが、それは現状ではかなり困難だろうな。これも何かの縁だ。君たちだけに名刺を渡しておく。私が出なかったら、オフィスに掛けてくれ。可能なら、助けを出す。これも内緒の話だが、テキサスへ戻る州民を救うために、隣接州の何カ所かに、こっそりと救出部隊を展開させている。彼らに要請できるかも知れないから」

シモンズは、雨合羽のポケットから名刺を出してソユンに手渡した。

「しかし、旦那さん喋らないね？」

「いつまで経っても英語を覚えないんですよ」

「うちの女房もそうだったよ。でも、それが逆にキュートでね。あの頃は！――」

とシモンズは笑ってドアを開けた。

「このシートに乗る分の補給物資を後で届けさせる。特別扱いじゃない。子持ち家族にはみんなそうしている。無事を祈っているよ。だが正直、ここから一〇〇マイル先に文明は無いぞ。銃と暴力が支配する無法地帯だ」

シモンズが後ろの車へと移動すると、「酷い南部訛（なま）りだったじゃないか！　全然聴き取れなかったぞ」と西山はぼやいた。

「そう？　普通だったわよ。パクさんの番号、手元にあるから、あとでお見舞いのメールを送っておかきなゃ。やっぱりこういう時は、血の繋がりというか、民族の助け合いよね」

　昨日の朝も、韓国系アメリカ人のガス・ステーション経営者に路上でガソリンを給油してもらった。

　今日の日没まで走って、どこまで辿り着けるかだ。普通なら、昼頃にはニューオリンズまで着いているが、この二日間を考えるなら、その半分も走れれば十分だろう。どこか安全な街で夜を過ごせれば良いがと西山は思った。

　アメリカは、ディストピア世界と化していた。

大統領選挙の有効性を巡る各州大陪審判決をきっかけに全土で暴動が発生し、同時多発的に発生した大停電も重なり、略奪や放火が相次いだ。首都ワシントンDCでは、催涙弾のガスが官庁街を覆って政府機能が麻痺し、ホワイトハウスは、イギリスから駆けつけた英国軍海兵隊によって守られていた。

　ニューヨーク・マンハッタン島は、略奪と放火で阿鼻叫喚の地獄絵と化し、島外へと通じる橋は焼け落ち、トンネルでは今も黒煙が上がっている。辛うじて生き延びた人々は、セントラルパークに立て籠もり、あるいは細々と運行されるフェリー乗り場へと決死の脱出行を続けていた。

　カリフォルニア州も、ロシアの潜入工作員らによる放火や破壊工作で送電網が殺られたことで、ロスアンゼルス、サンフランシスコと治安が崩壊した。

今ようやく、ＬＡＸ、ロスアンゼルス国際空港の治安を復旧し、外国人避難民の脱出と、太平洋諸国からの援助便の受け入れが始まっていた。

沖合では、出動を禁じられたアメリカ軍を牽制する中国海軍の三隻の空母機動部隊と、海上自衛隊が険しい鍔迫り合いを演じ、海上自衛隊は、昨夜護衛艦一隻を失っていた。

暴徒による破壊は今も続いており、電力復旧を試みる作業も、各所で作業現場が襲撃を受け続けていた。山火事も延焼し続け、限られた兵力でアメリカを支援しているカナダ国防軍も苦境に陥り、カリフォルニアの治安回復を請け負った自衛隊は、結局出撃拠点としたワシントン州に戻って戦う羽目に陥っていた。

たった一週間で、アメリカ合衆国は、アフリカ大陸の最貧国並みの混乱した状況に陥っていた。そこには、エアコンを動かす電力はもとより、夜を過ごすための灯りもなく、手を洗える水もなければ、清潔なトイレすらなかった。そこを支配していたのは、文明や法律ではなく、銃と暴力だった。

第一章　シアトル空港

陸上自衛隊・第1空挺団第４０３本部管理中隊、その実特殊作戦群隷下・特殊部隊〝サイレント・コア〟を率いる土門康平陸将補は、アメリカ北西部の大都市シアトルにいた。シアトル・タコマ国際空港の北東部、南北の長さ三〇キロもあるワシントン湖の南端にボーイングの工場があり、そこに併設するレントン空港の西側エプロンにいた。

　日本から持ち込んだ連結型指揮通信&ライフ・サポート車両〝メグ〟&〝ジョー〟のうち、指揮通信車両〝メグ〟にいた。

　M32グレネード・ランチャーでひと仕事終えた土門は、モニターが上下三段に並んだ指揮通信コンソールの背後に立っていた。〝99パーセント〟、あるいは〝セル〟を名乗る武装した暴徒に向かってグレネード・ランチャーをぶっ放したせいで、両手が火薬の煤まみれだった。

　たぶん何人も死んだだろうが、良心が痛むことはなかった。

　隣で、娘の土門恵理子外務省二等書記官が、シアトル総領事と部隊の無線で話していた通話を切った。

「原田さんと無事ご対面したそうです。総領事館員全員の無事を確認済みです」

「どんな男なんだ？　その総領事って」

「別に普通の外交官よ？　でも、外務省勤めは戦後からのまだ三代目だから省内では新参者扱いね。神経質で、選民思想もないし。外交官と財務官僚以外はみんなバカだと広言しているけれど。高いワインを税金で買いまくる以外は、愛車はずっとＢＭＷで、質素な暮らしだし。つまり、極めて平均的な外交官です」

「閣下、と呼ばなきゃならんのか？」

「さすがにそれはもう止めたわね。まあ北米大使くらいは閣下呼ばわりした方が良いけれど。あでも、『領事』じゃなく『総領事』と呼んであげて。でないと一瞬表情が曇るから」

　リンク16のモニターに視線をくれると、四機編隊の大韓航空機がシアトルを避けてヤキマ上空を飛んで南下を続けていた。指揮通信コンソールを仕切るガルこと待田晴郎（まちだはるお）一曹がトラックボールを操作して、別のモニター画面にテキスト情報を呼び出した。

「情報来ました。この四機ですね。表向きは、支援物資を搭載していることになっていますが、実際は韓国兵が乗っているはずです。陸軍か海兵隊かはわかりませんが。このままＬＡＸに降ります。機材はボーイングの777なので、たぶん大隊か連隊規模の兵力でしょう」

「やっとか。そっちはナンバーワンに任せよう。時間のロスは大きいのか？」

「そうですね。ヤキマは沿岸部から四〇〇キロは内陸ですからね。シアトル沖を南下できれば、三〇分は短縮できたはずです。帰国便もヤキマ上空経由のバンクーバーでテクニカル・ランディング、給油ですから。シアトル空港は、今日中に復旧させる必要があります。中国側は、航路の安全は保証するようですから、飛ばないという手は無い」

「ここにいても仕方が無いぞ。空港へ行こう」

「危険ですよ。そこいら中にセルのメンバーが潜んでいる。この車両、図体がでかいから、ロケット弾でも撃たれたら避けようがない」

「なんでだ……。ここはシアトルだろう？　全米でも屈指の好景気都市なのに、なんでそんな所で暴動なんて起きるんだ？　みんな良い給料を貰っているだろう？」

「そうね、ＧＡＦＡＭの社員なら、初任給で一〇万ドル越えよね。ほんの数年で、年収二〇万ドルにアップする」

と娘がため息交じりに解説を始めた。

「でも、アメリカって所も、税金は決して安くないのよ。そこまでサラリーが上がると、半分は税金に持って行かれる。そしてここシアトルの部屋の賃料は、コロナ明けから、年率二〇パーセント台で高騰している。値上がり率では、全米主要都市ベストテンの常連よ。今、ここのダウンタウンだと、邦貨にして月額の賃料がワンルーム、七〇万とかそのくらいかしら。仮に二千万円の年俸があったとして、半分を税金や社会保険料に取られ、残る一千万で、暮らさなきゃならないのよ？　どんなに安い部屋を探しても年五〇〇万、通勤圏内に拘るなら残る手取りの八割を出さなきゃならない。だったら、ＧＡＦＡＭの稼ぎがあっても公園で野宿するしかないわよね？　テントを張って暮らすしか無いわ」

「変だろう？　それは。市場原理に反している。払えないほどの賃料なら自然に値下がりするものだろう」

「それが資本主義社会のリアルってものよ。ＧＡＦＡＭに勤めていて、年収三〇万ドル貰っているエンジニアが、テント暮らししていても全然不思議じゃないのが、ここシアトルよ」

「じゃあ、お前達外交官はどんな部屋に暮らしているんだ？」

「私の本給と、国が負担してくれる私の部屋の賃料はたいして変わらないでしょうね。最近は、韓国や中国の領事館員の方が、われわれより良いエリアに暮らしているけれど」

「解放軍に動きはあったか？」

土門は待田に聞いた。人民解放軍の海軍陸戦隊が、シアトル空港敷地隣と、南西のフォート・ルイス陸軍基地に上陸していた。

「まんまとしてやられましたね！　米軍自らこちらの管制に割り込んで、JASSM‐ERの座標を打ち込んで発射したのに、犠牲はほとんど出なかったらしい。死傷者は僅かでしょう。スキャン・イーグルで見る限りは、もう死体も負傷兵も確認出来ません」

「なんでだよ？」

「彼ら、空挺堡を確保したら、すぐさま米軍というか、われわれの攻撃があることに備えていたようです。ミサイルの座標を打ち込むのに十分な時間そこに留まって、あっさりと後退した。ほんの二、三〇〇メートル。われわれは無人の場所にミサイルを撃ち込んだんです。恐らくは一個か二個中隊が無傷のまま、まだそこにいます。フォート・ルイスは、米陸軍が対処するでしょうが」

「じゃあ、シアトル空港南西エリアに展開した敵は無傷なんだな？」

「はい。ほぼ無傷な状態です。空港南西側の工場街と森に立て籠もっています。ターミナル・ビルとの最短距離は一三〇〇メートル前後。ただ、向こうもドローンは飛ばしてますから、空港に中隊規模の増援が入ったことは確認しているはずです。攻めてくるとしたら、遮蔽物の無い滑走路を横切ってターミナル・ビルと撃ち合うことになる。そんな無茶はしないでしょう。攻めあぐねているはずです」

「では、そのフォート・ルイスに降下した敵は？」

待田は衛星写真をズームした。

「彼らが着陸したのは、この広大なエリアの南西端にある陸軍病院の駐車場です。ここから森を抜けて前進している所に、ミサイルをぶち込んだわけですが、それを躱した後、陸軍の補給廠へと前進を開始。ところが、司令部要員だけとは言え、地の利がある米側の方が圧倒的に有利だったようで、たちまち撃退され、また森へと引き返していきました。米側のドローンも飛んでいますから、当分は大丈夫でしょう。夜明けを迎えて、どう出るかはわかりませんが……」

「南側へ迂回して森の中を前進するのは非効率だ。線路を渡って海岸沿いの住宅地を前進するのが良いんじゃないのか？」

「そうですね。でも兵力が中途半端だ。この後は、ひたすら数を減らすしかありません。彼らの攻撃は、恐らくバトラーが扇動する暴徒に呼応してのものだったはずですから」

「では、空港エリア、陸軍基地、どちらもドンパチは止んでいるんだな？」

「そういうことになります。どちらも、数で押せるこちらが有利です」

「そうは言ってもな。是が非でも潰す必要がある敵でもないぞ。それなりに味方も犠牲を払うことになる。恵理子。ここには当然、中国の総領事館もあって、空港には中国の総領事も避難しているんだよな？」

「もちろんよ。デカップリングのせいで、一時期ほど中国人は滞在していないけれど、それでも、今でも邦人とたいして変わらない数が滞在していたはずよ。でも彼ら、こういう時には逃げ足が早いから、今は領事館職員くらいしか残っていないと思うけれど」

「空港へ行って、その総領事と話す必要がある。彼らを平和的に下がらせよう」

待田の隣に座る新顔のレスラーこと駒鳥綾三曹が、え？　という顔で土門を振り返った。

「レスラー、何かおかしいことを私は言ったか？」

「同盟国を侵略しに来た敵と戦わずに、また発進基地の揚陸艦に戻してやるということですか？　武装したままで」

「結果的にはそういうことになるな。変かな？」

「アメリカ市民の頭上にはミサイルを落として殺戮し、アサルト・ライフルで応戦し、なのに解放軍兵士を見逃すのですか？」

「そのアメリカ市民は、ピックアップ・トラックの荷台に据え付けたフィフティ・キャリバーでわれわれを撃ってくるし、実の所、われわれはまだ北米大陸で、解放軍部隊と交戦状態にはない。空ではミサイルが飛び交い、護衛艦も沈められたが、交戦法規の規定からすれば、解放軍部隊と派手に撃ち合うのは、現状ではかなり怪しいというしかない」

「法的な問題なのですか？」

「もちろんそれもあるが、彼らにはもう選択肢が無いだろう。バトラーが呼応して大部隊が引き返してくるならともかく、奴は今、逃げることで必死なようだし。解放軍は数で劣勢だ。そしてわれわれには、あの程度の数の敵に構っている暇は無い。この街で暴れ回る群衆は万の数だ。彼らが大人しく撤退してくれるなら、それに越したことは無い。ガル、俺は何か間違ったことを言っているか？」

「例の大型強襲揚陸艦三隻に乗っているはずの部隊ですよね。たぶん一隻分の海軍陸戦隊です。ここで潰さなかったことで、後々後悔する可能性はあるでしょうが、このままあそこに居座られるよりはましでしょう。居座るようなら、早い内に殲滅しなきゃならない。ミサイルをぶち込むだけで全滅してくれるなら別ですが。撃ち合いとなると、こちらの犠牲も見積もる必要がある。論点があるとしたら、これはただの問題の先送りではないか？　って所でしょう？」

「そうだねぇ。外務省として意見があるか？」

と土門は娘に聞いた。

「中国側がこちらの提案を受け入れるならという話だけど、向こうが大人しく撤退してくれるなら、貸しは作れるわよね？　こっちは有利に戦えたんだから。説得する価値はあると思うわよ」

「会ったことあるか？　その総領事と」

「ええ。パーティや何やらで何度か。紳士的でインテリ。確かどこかの工科大のご出身だったはずよ。今時は皆、文系なのに珍しいと思ったけど。まだお若い人よ。四〇歳になったばかりじゃないかしら」

「ガル。どうしても空港に行く必要があるぞ！」

「この辺りの道路啓開というか死体と車両の掃除にはもう少し掛かります。例のブラック・オスプレイで飛んで下さい。ほんの一〇キロもありませんが」

「じゃあ、私一人で飛ぶ。君らは後で構わない」

「なんでよ？」

と恵理子が膨れた。

「オスプレイには乗るな！　あんな物騒な機体に。いつ墜落してもおかしくない欠陥機だぞ」

「自分は部下を命令で乗せるくせに何なのよ？　それ」

「われわれは仕事だから乗っている」

「待田さん、あれ欠陥機なの？」恵理子は待田に聞いた。

「さあ？　自分は気にしませんけどね。死ぬ時は、マイカーに乗ってても死にますから」

「一緒に飛びます！　オスプレイ、いったんヤキマに戻ったのよね。申し訳無いけれど、また呼び戻して下さいな」

「了解です。三〇分もあれば戻ってきます。よろしいですね？」

ガルは土門を振り返って聞いた。

「好きにしろ」

「私、総領事に電話して、中国総領事が空港にいるかどうか確認しますから」

恵理子が衛星携帯を持って車両を降りた。

「少しは私の肩を持てよ！」と土門が待田に愚痴った。

「いやでも、オスプレイ、速くていいじゃないですか。安全だとは思わないですけど、自衛隊でそれを言っても始まらないから……」

「急がせろ。解放軍がやけっぱちな攻撃を始める前に話を通さないと」

昨夜、海上では険しいせめぎ合いになった。沈んだのは日本の護衛艦だけではない。中国海軍のフリゲイトも沈んだ。二隻が衝突してのことだった。ヘリ空母〝かが〟に突っ込もうとした中国艦隊のフリゲイトと、その間に割って入った味方護衛艦の双方が沈んだのだ。

表向きは、事故ということにされるだろう。だがそのせいで、あちこちピリピリしていた。空での戦いは続いているし、現場は皆殺気立っている。

自分のこの判断は、身内からも批判を食らいそうだと土門は思った。だが、現時点では、これが最上の判断だと確信していた。

ヘリコプター搭載護衛艦ＤＤＨ－184〝かが〟（二

六〇〇〇トン）を擁する海上自衛隊第四護衛隊群の艦艇は、ワシントン州の沖合に展開していた。中国海軍の包囲網を突破してアメリカの西海岸の沖合、つまりアメリカの領海内へと辿り着いた。

　そこに中国海軍の姿は無かった。彼らの視界の北側にはカナダ領のバンクーバー島があり、目前には、オリンピック半島を象徴するオリンポス山が聳(そび)えていた。シアトル自体は、そのオリンポス山の向こう、海岸線から一五〇キロは入った深い入り江の先にある。

　海自艦隊は、確実に米側の領海内に留まっていたが、中国海軍艦艇は、そこから二〇〇キロほど沖合、アメリカの防空識別圏外ぎりぎりに留まっていた。

　いったんは、領海線まで追い掛けてきたが、夜明け前に後退していった。

　昨夜、中国海軍は、〝かが〟を行動不能に陥らせるべく、フリゲイト艦で突撃を繰り返した。海自側も護衛艦で応戦し、双方で数十回を超える衝突事故が発生し、中国側は最終的に二隻が沈没した。

　まず、〝かが〟を守って捨て身の防戦に出た護衛艦〝きりさめ〟と刺し違えたフリゲイトが一隻沈んだ。そして衝突後しばらく浮かんではいたものの、排水に失敗した一隻が、夜明け直後に沈没した。

　海自艦隊は、ご自慢の高速と、ドローン・ボートを使った雷雨の中の電子戦で中国海軍を翻弄して包囲網を脱出し、西海岸までようやく辿り着いた。

　だが、艦隊は満身創痍だった。イージス護衛艦を除くほぼ全ての護衛艦が大なり小なり傷ついていた。

　急遽編成された北米支援艦隊の司令官・井上茂(いのうえしげ)

人海将と第四護衛隊群司令の牧野章吾海将補は、〝かが〟の飛行甲板に出て、並走して航行する一隻の護衛艦を見ていた。

　艦首部分のペイントがまるで引っ掻いたように剝げている。その引っ掻いた跡が、三本も走っていた。つまりそこだけで三回、敵艦と接触したということだ。

「酷いもんだな……」

　海はまだ時化ている。だがたまたま、艦が後ろからの風を受けて走っていたせいで、飛行甲板は静かだった。空は相変わらずどんよりと曇っていたが、雨はすでに上がっていた。

「うちの方が、同じフリゲイトでもサイズが大きいので、敵艦の舳先の当たり所は良くなかったですね。あれで裂けなかったのは幸運だ。シアトル中心部に近いハーバー島に、ロールス・ロイスが良いドックを持っています。米艦もしょっちゅう入っている。一、二隻はそこで応急修理が必要でしょう。〝いずも〟を擁する第一護衛隊群も間もなく到着することだし、隻数で言えば、これでほぼ互角で戦えます」

「横須賀から六〇〇〇キロもの距離を二四時間三〇ノット速ですっ飛ばしてくるなんて、燃料代を考えるとぞっとするよ」

「それなのですが、われわれはたまたまハワイ沖で訓練中だった。でもこの訓練計画、一年前には無かったですよね？　わりとバタバタと決まったような気がします。第一護衛隊群も恐らく、騒乱含みでそれなりに備えていたはずです。もともと、米側の意向があったのでしょう。備えてくれと……」

「中国海軍は、米軍のミサイル攻撃の撃沈も含めると、三隻失ったわけだろう。大破後に時間を掛けて沈んだ一隻は、乗組員もそこそこ脱出できただろうが、残る二隻はほとんど助かっていないはずだ。この後どう出るんだろうな」

「しかし、向こうも全力で来たわけでは無かった。こちらも、鍔迫り合いにイージス艦は出さなかったが、向こうも、中華神盾艦は温存しました。出して来たフリゲイトを全部失っても得られるものがあればよしとしたのでしょう。しかも艦隊としての行動力がたいして低下するわけでもない」

「それで、助かった〝きりさめ〟のクルーだが、一応全員カウンセリングを受けさせるとして、艦隊に残りたい者は、各艦に割り振るということで良いかな。離れたい者はシアトルから帰国便に乗せる。副長が、ぜひにもそうしてほしいと申し出ているのだが」

「あの副長こそ大丈夫ですか？」

「彼、しばらく休ませたら、私の副官兼幕僚として就かせるつもりだ」

「ああいう男には何か仕事をさせておいた方が良いでしょう。気も紛れる。日本は今深夜なので、戦死者のご遺族には、夜明け以降に手分けして連絡が行くことになります」

「これ以上増えないことを祈るよ」

「救出した中国海軍の乗組員と、その遺体は、バンクーバーで中国総領事館にバトンタッチします。シアトルから外務省の応援部隊が付き添ってくれるようです。正午に、簡単な洋上慰霊祭を企画しています。一言、お言葉をお願いします」

「うん。各艦、交替で戦闘配置を解いて、半日くらい休ませよう。解放軍も半日くらいは休むだろう。向こうも限界のはずだ。この数日はきつかった。向こうの司令官のメールアドレスでもわか解ったら、せめて日没までの追悼休戦を申し入れたいよ」

警報が鳴り、艦内に戻るよう放送があった。視界の端に、航空自衛隊のCH‐47大型ヘリが見えた。艦尾からの着艦に備えて大きく回り込んでくる。補給部品を運んで来たはずだ。

シアトルに接近したことで、補給が容易になった。ひとまずシアトルまで運んでそこからヘリを飛ばせる。あるいは、アメリカ本国のメーカーからパーツやミサイルを取り寄せることも可能だった。

中国に同じことはできない。ペトロパブロフスク経由で、補充の戦闘機は届いていたが、補給物資まで運び込むのは無理だろう。その点は、日本の方が有利だった。

江凱（ジアンカイ）Ⅱ型（054A型）フリゲイト〝九江（ジウジアン）〟（四〇五〇トン）の艦長徐宝竜（シューバオロン）海軍中佐を乗せたZ‐20F（直昇20）対潜ヘリは、《東征（ドンチャン）艦隊》旗艦・空母〝福建（フージン）〟（八〇〇〇〇トン）に着艦した。

徐艦長は、〝七星（チーシン）作戦〟の立案者で、七隻のフリゲイトが参加した作戦に自らもその一隻の艦長として参加したが、結果は失敗だった。それも手痛い失敗だ。

一隻は、機関故障で漂流中、一隻は轟沈、もう一隻も大破の後、沈没だ。対して、作戦の主目標であった敵のヘリ空母〝かが〟を傷つけることは出来なかった。指一本触れられずに、味方艦が、護衛するフリゲイト一隻と刺し違えるだけに終わった。

あの突撃は、あと一歩だったが、日本側は、味方フリゲイトを盾にしてヘリ空母を守り切った。完璧に性能を出し切り、かつ繰艦の妙で乗り切った日本側の完勝。性能不足な機関と、未熟な繰艦技術で敵の裏を掻くことも出来なかったこちらの完敗だ。

そして最後は、洋上をちょこまかと走り回る囮の無人艇に翻弄され、気付いた時には、敵艦隊は、こちらの包囲網を突破して脱出した後だった。

艦隊作戦室に顔を出すと、参謀の面々が白いテーブルクロスでお茶を飲みながら、賑やかに談笑中だった。全く奇異な雰囲気だった。全員の視線が徐に集まったが、そこに非難めいた視線は無かった。

「掛けたまえ、徐艦長」

と上座に座る艦隊司令官の賀一智海軍中将が穏やかな表情で命じた。

「君が提案した七星作戦は、残念ながら主目標を達成せずに終わったが、中南海の党幹部は極めてご機嫌だ！　訓令が届いている――」

政治将校団を束ねる黄誠海軍大佐が、メモを読み上げた。

「勇敢なる東征艦隊の七人の艦長に指揮された我が艦隊の勇猛果敢な行動を最大級の賛辞と共にここに讃えるものとする！　貴官らの行動は、我が解放軍海軍の大いなる成長と輝かしい未来を予感させるものであり、党を挙げてその勇気と練度を称賛する――」

何の冗談だろう……、と徐は思った。

「どうした？　まずは座れ」

と賀提督が促した。

「過去にない斬新な作戦で敵を翻弄した。そりゃ、味方の犠牲も決して少なくはなかったが、得られた経験値は大きいと思わないか？　我が海軍が解決すべき諸問題も浮き彫りに出来た。更に高性能なエンジン、繰艦技術の向上、電子戦の上達等。日本は今回、電子戦の手の内を晒した。あの手の作戦は、一度やったら終わりだ。二度も三度も使える手では無い。何より、艦隊の士気も上がったではないか？　君の艦はどうだ？」

「はい、全員、極めて意気軒昂であります。まるで何かの危ない薬物でも使ったかのように」

「そういうことだよ。とりわけ〝宜興〟の沈没はあっという間で、乗組員はほとんど助からなかった。だがそれも、日本のフリゲイトを道連れにしての沈没だから、その犠牲も報われるだろう。七星作戦の概要は、末永くわが海軍に語り継がれ、研究の対象とされることだろう。君は、優先目標だったヘリ空母を行動不能に出来なかったことを悔やむだろうが、日本艦隊はアメリカ領海へと逃げ込んだ。結果として、それ以上の成果を上げたではないか。外洋を制することを諦めた艦隊など負けたも同然だぞ。対してわれわれはこうして、彼らを封じ込めている。戦術目標の達成は無かったが、戦略目標は達成出来たと言える」

「この状況を、笑顔で喜べと？」

「そうだ。君は自分の艦に戻ったら、作戦は期待された以上の成果を上げ、党からもお褒めの言葉を貰った。本艦はこの戦いの殊勲艦として、中国海軍の歴史に名を刻むことになる、と訓示することになる。乗組員の貢献を讃え、更なる高みを目指すよう激励する。それが艦長の役割だろう？　私は、他の艦長にもそうすることを望む」

「はい。そうします」

「ここに来る気は無いか？　艦長は退屈な仕事ではないが、司令部の参謀となれば、もっと有意義な仕事が出来るぞ。われわれは日米に対して、さらに第二第三の矢を放たねばならない。君のような斬新な作戦を思いつける人材が私の隣にいてくれると助かる」

「有り難うございます。しかし、自分はそこまで自惚れてはいません。楊中佐はシアトルに上陸したようですが、無事ですか？」

「ああ。幸いほとんど無傷らしい。だが、呼応するはずのバトラーの部隊がさっぱりでな。やはり素人の寄せ集めは駄目だな。現状では孤立している状況だ。増援を送り込める状況では無いし、シアトル経由の航路の安全も世界に保証した手前、どうにもならん。だが、彼のことだ。上手くやって切り抜けることだろう」

「はい。同感です」

「君は、自分の艦に戻ったら、党からのお褒めの言葉を乗組員に伝え、僚艦の艦長をまた集めて、次の作戦でも練りたまえ。ロシアが間もなく行動を起こす。彼らは、無傷な日本艦隊という状況を快くは思わないだろうしな」

「あまり期待されても困りますが……」

「君はもう十年も経てば、否が応でも、参謀としてここに座るしかない。その時、作戦は？　と問われて、『ありません』とは言えないぞ。とにかく、よくやってくれた。乗組員には、われわれからの労いの言葉も伝えてくれ」

自分の艦へと引き揚げながら、これは拙いことになったぞと徐は後悔した。作戦は成功だったか？　と問われれば甚だ疑問だ。だが意義はあった。やる価値のある作戦だったことは紛れもない事実だし、〝宜興〟の撃沈にせよ、あれは値千金の突撃だった。

だがこの後の作戦となると心許ない。何しろ敵艦隊は、陸地にぴったりと寄せて交戦意欲なしの状態だ。艦の点検や、損傷した艦の応急修理で時間を潰すつもりだろう。こちらはそんな贅沢は望めない。

向こうが休みを取れるなら、こちらもせめて半日くらいの休息は欲しいものだと思った。

土門親子を乗せたブラック・オスプレイは、高度を低く抑えて飛んだ。街路樹の梢を掠めるくらいに低く飛び、瓦礫と化した空港駐車場ビルを右手に見ると、赤い煙を吐くレッドフレアが投げられた場所を目指して着陸した。

機内には、もう一人客人がいた。カナダ国防軍・統合作戦司令部(CJOC)からオブザーバーとしてヤキマの“北米邦人救難指揮所”に派遣されているアイコ・ルグラン陸軍少佐だった。防大に留学し、陸自の指揮幕僚課程(CGS)を出た変わり者だった。

オスプレイは、ターミナル・ビルの屋上より低く飛び、東側路上に着陸した。ビルを越えて西側エプロンに着陸したいが、そちらへ飛んだら、解放軍が陣取るエリアから携行式の地対空ミサイルが飛んでくる恐れがあった。

黒く塗られた胴体に真っ赤な日の丸を描いている所から“ブラック・オスプレイ”と呼ばれるようになった機体は、三人を降ろすと、高度を上げることなく東へと飛び去って行った。

機内で話す時間が取れなかったので、ルグラン少佐は、静かになるなり、「将軍！　ご迷惑をおかけしました」と頭を垂れた。

「いや、昨日は少し、私も言いすぎた。貴方の立場には同情するよ。呼べる増援兵力も無いのに、それをひたすら要請するしかないのだから」

一個小隊を率いてターミナル・ビルに突入した原田拓海(たくみ)三佐が、護衛を連れて出て来た。

「報告しろ——」

「はい。ターミナル・ビルに押し入った一〇〇名前後の敵を制圧しました。カナダ軍との攻防で、すでに弾薬のほとんどを使い切っていたと思われ、半数は投降しました。敵方の戦死は、われわれが到着する以前の死亡も含めて現在三二名。重軽傷が二〇数名です。カナダ軍側は、四名が戦死。重軽傷者はすでに病院施設へと搬送済みです」

「了解した。その投降した連中はどうしたんだ？」

「空港警察に引き渡しました。工場の街なので、勾留できる空間はあるみたいな話です」

「ルグラン少佐。カナダ軍と合流したら針のむしろだぞ？」

「いえ。大丈夫です。彼らは自分でもひっきりなしに援軍要請を出していましたから。それに、全滅前に将軍の部隊が到着できたのは、私の手柄だということにしてありますから。それと、ヤキマで指揮を執る三村一佐が、しきりにアリューシャン列島のことを心配してました。ロシアが何かしでかしそうだと」

「〝ベア〟が領空侵犯した件かね。そうは言っても、あそこは緊急時に降りられる滑走路が島々にあるという程度で、戦闘機を展開するのも無理があるだろう。事前に陸兵を上陸させて守るには、島が多すぎるし。ロシアが何かしでかすにしても、そう打つ手は無いぞ。アメリカの自助努力を期待するしかない」

　土門は、ルグラン少佐と別れると、セントラル・ターミナル五階のラウンジ・フロアへと向かった。日本のエアラインのラウンジに、総領事館職員が立て籠もっているということらしかった。

　皆、憔悴しきった表情だった。

　土門は、「あの人よ」と娘に案内された一条実弥総領事の前に歩み出て敬礼した。

「北米派遣統合司令官の土門陸将補であります。娘がお世話になっております」

　一条は、一瞬きょとんとして、親子の顔を見比べた。

「ええと……。ご実家が自衛隊だとは聞いていましたが……、特殊部隊？」

　土門は、ＦＡＳＴヘルメットにプレートキャリ

ア、ファーストラインにあれこれポーチ、腰に無線機本体を装備した、わりとラフな格好だった。PMCスタイルという奴だ。
「え、その辺りはちょっと……。ここには邦人避難民もまだいるのですか？」

「ええ。シアトルに物資を降ろして引き返していく便もあるので、こんな状況でも、とりわけ西海岸の南部から、避難民がやって来ます。ここはもう安全だと考えてよろしいのですか？」

「とんでもありません。空港の南西側に中国軍が展開しています。兵力、戦力でもわれわれが上回っているので、そう簡単に負けることはありませんが、できれば、戦闘状態に陥ることなく、彼らにお引き取り頂けるよう、これから中国側の総領事と交渉します」

「総領事の公一智（ゴンイーチィ）氏とですか？　交渉ごとなら自分がやりますが。われわれの仕事です」

「それは有り難いのですが、多少荒っぽい交渉になりますので……、ああしかし、ご同行頂ければ何よりです。少なくとも、日本政府承認の元での提案だと先方に伝わるでしょうから」

　中国民航機のラウンジに移動する途中、一条は、

「君、どこにいたの？」と恵理子に質した。

「ヤキマでのドンパチの後、クインシーに移動し、LAで、LAXの解放に立ち会って、ここに戻ってきました。申し訳ありません。何度かお電話しようとしたのですが、衛星携帯の電波状況が良くなかったみたいで……」

「お父上が制服組の高官だったなんて聞いてないぞ？」

「機微なお話と言いますか、宣伝して歩くような話でもありませんから」

　中国総領事館は、カード会社のラウンジを拠点にしていた。日本の倍の数の駐在員がそこに陣取

っていた。

土門は、公総領事と挨拶もそこそこに、北京語に切り替えて早口でまくし立てた。内密な話をしたいから、少し人払いしてくれないかと。

入り口近くのソファセットに腰を下ろすと、総領事は、部下たちにしばらく喫煙室に入っているように命じ、気心の知れた書記官だけを記録係として背後に立たせた。

土門は「大丈夫か？」と娘に聞いた。

「たぶん外交部じゃなくて党か公安部のお人だけど」

ということはつまり、総領事はお飾りの可能性があるということだった。土門は、スキャン・イーグルで撮影したデータを娘が持つタブレット端末で見せ、解放軍の展開状況を教えた。そして、まず兵力でこちらが上回っているということ。こちらはミサイルを展開地域に叩き込むことも出来ると話した。というか、やんわりと丁寧な言葉で脅した。

総領事は、解放軍がシアトルに上陸している話は初耳だったらしく驚いた顔だった。外交官という感じは無かった。少なくとも、外交官としての立ち居振る舞いが身についているようには見えなかった。やはり職業外交官ではないのだろう。

土門は唐突に話を変え、「総領事は、職業外交官ではありませんね？」とストレートに聞いた。

「そうです。自分は精華大の出身で、元は半導体屋です。シアトルは情報収集の場としてうってつけなので、自分がここに赴任した。米留組なので英語は得意なつもりだが、外交官のポーカーフェイスは得意じゃない」

「なるほど。では、エンジニアとしての損得勘定で構いません。このまま戦闘せずにお帰り頂くのがベストです」

土門は、娘が差し出したノートの切れ端に、中文で条件を書いて手渡した。

「簡単なフライト・プランを出して頂ければ、接近するヘリ部隊の迎撃はしません。そのヘリ部隊には、視界内に航空機が入らないよう配慮します。米側の了解は得ていないが、日本政府として、解放軍部隊の安全を保証します。どの道、米軍機は飛ばない」

「それで、日本には何の得があるのですか？　爆弾やミサイルを落とすだけで片付くのであれば、こちらの戦力を安上がりに削れるでしょうに」

「そんなに簡単な話ではありません。たぶんそこに展開している兵力の半分は、ミサイル数発で死ぬでしょう。しかし、残る半数は無事です。無傷です。全員が白旗を掲げてくれるなら別だが、それは望めない。残った敵と戦うことになる。鉄砲を持った兵隊同士で。当然、こちらにも犠牲が出ます。恐らく、五名や一〇名は戦死することになる。兵士の命は、今や日本でも中国でも貴重だ。われわれが多少、面子を捨ててそれが回避できるのであれば、それに越したことはない。海軍陸戦隊も、多少の面子は失うだろうが、得る物の方が大きい。ＬＡでは、ＬＡＸの制圧作戦で、解放軍と共同戦線を組みました。解放軍の協力が得られなければ、制圧は困難だったし、犠牲者も出す羽目になったことでしょう。われわれは彼らの素早い英断に感謝しているが、それをお膳立てしたのは、ＬＡの中国総領事です。貴方の権限で出来ないことではありません」

「しかし、ここから引き揚げた後も、どこか別の戦場でまた戦う羽目になるのでしょう？」

「そうですね。あれはつい昨日のことだが、その海軍陸戦隊を率いてきた中佐と、ＬＡＸで別れ際に挨拶した時、次は敵同士としての再会だろうことを確認し合いました。それはまた次の機会になりそうだ。われわれがここに展開している目的は、米国内の治安回復と維持が主任務であり、中国軍と戦闘することではない。空でも海上でも、厳しいせめぎ合いは続いているが、われわれには中国軍の相手をしている余裕はない。貴方がたは、せいぜい数百名単位だが、ここの暴徒は万の単位で押し寄せてくる。しかもヤクを決めて命知らずだ。そちらの方に注力したい」

「少し、時間を下さい！　ほんの数分。協議したい！」

と言って公総領事は立ち上がり、部下を連れて部屋の奥へと下がった。

「あのお付きは何者だ？」と土門は娘に聞いた。

「私たちは〝ミスターX〟と呼んでいる。国務省には外交官としての名前が届け出てあるだろうけれど、どうせ偽名だから誰も覚えない。総領事館主催のパーティには顔を出すけれど、何が専門なのかもわからない。たぶん外交部ではなく党の人間よね」

一条が、「あの……」と割り込んだ。その北京語のやりとりに、ただ呆気にとられていた。

「話の内容を聞いてよろしいですかな？」

土門は、上陸部隊の撤収に関する提案内容に関して語って聞かせた。

「君、チャイナ・スクールじゃなかったよね？」

と一条は恵理子に向かって聞いた。

「はい。でも私、あそこで時々北京語を教えて中国を巡る情勢に関してブリーフィングもしている人からずっと個人レッスンを受けてましたので」

「どういう親子なんだ……」

公総領事はほんの二分で戻ってきた。

「そちらの提案を受け入れます。ただちに、本省に連絡を入れて手筈を整えます。一つだけ条件があります。空港の再開を急いでほしい。ここにもまだ、同胞の避難民が留まっているし、まだまだ押し寄せても来る。彼らを素早く帰国させたい」

「われわれも望む所です。全力を挙げます」

「交渉上手な軍人さんだ。軍人は、戦争ばかりしたがるものだと思っていたが……」

「互いにとって益のある交渉です。部下の葬式を梯子するのは気が滅入りますからね」

公総領事が右手を差し出すと、土門は軽く応じた後、「うちの総領事の手柄にして下さい」と小声でつぶやき、再度、一条との握手を促した。

これで部隊が撤収に応じてくれるなら、あとは滑走路の復旧に全力を注げる。ここに展開している自衛隊の戦力を観察すれば、どの道勝ち目のないことは悟ってくれることだろう。陸軍基地の攻略は土台無理があるし。

解放軍の幹部達が、無茶な命令を出すようなら、どの道、彼らに勝ち目は無い。臨機応変な戦術判断が出来ないということだから、この後も自滅を繰り返すことになる。しかし彼らは、賢明な判断を下すだろう。

三〇分後、日本の外務省に正式な撤収受諾の連絡が入った。だが、フライト・プランの提出は無かった。

護衛のフリゲイトを伴った強襲揚陸艦一隻が防空識別圏のラインを超えて東進し、迎えのヘリの編隊を発進させた。

第二章　幌馬車隊

　トシロー・アライ元警部は、息子の愛車ホンダ〝オデッセイ〟を運転してスウィートウォーターの西外れにある霊園を訪れた。町の名前が付いている霊園だが、殺風景な霊園だった。無宗教な霊廟が建つわけでもない。西へほんの三マイル離れた場所にアベンジャー・フィールドがある。丁度双発機が離陸した所だった。

　その飛行場方向からパトカーに先導された救急車が二台走ってくる。霊園前でいったん減速して止まり、アビリーン郡検視官事務所のオリバー・ハッカネン検死医が救急車から降りて歩いてきた。

　パトカーと救急車は、本道へと引き返していく。

「忙しそうだな……」

　とトシローは、木陰のベンチに腰を下ろしたまま声をかけた。

「ああ。今日も朝一でLAから重体患者を乗せた飛行機が飛んできた。さっきエンジン音が聞こえただろう。ヘンリーの陸軍時代の女友達が操縦している。そのカリフォルニア州からの移送計画も、ヘンリーがお膳立てしたんだ」

「てっきり、相手をするのは死体だけかと思っていた」

「どこも人不足でね。今朝立ち寄って、墓の場所は確認してある」

「話が見えないぞ。なんで急にシリアル・キラーの埋葬場所なんてのがわかったんだ？」

「電話では長く話せなかったが、君のお姉さんだよ！　トシロー」

「姉？　ウメコのことか？　なんでこんな大事件で私の姉の名前が出てくるんだ？」

「君のお姉さんは、リトル・トーキョー周辺の学校で長らく教えていて、ＲＨＫの息子も教えていた。そのリフォーム・ハウス・キラーご本人とも付き合いがあった。で、父親が亡くなった時の経緯もちゃんとヘンリーに話してくれたらしい。ここ、スウィートウォーターで埋葬されたと！」

「われわれ二人が半生を掛けて追い掛けたシリアル・キラーは全米を回って犯行を重ねた。なのに、その犯人がわれわれの足下で眠っていて、しかも身内と接点があったのか？　酷い冗談だ！　そんな話、ウメコから聞いたこともないぞ……」

「そりゃ彼は、シリアル・キラーの看板を提げて暮らしていたわけじゃなさそうだからな。それで、まだ暗い内に、ニックが電話を掛けてきた。市庁舎で衛星携帯を借りて。私は、遺体掘り返しの裁判所命令を得るために、朝から電話を何本か掛けて、アベンジャー・フィールドでＬＡからの患者受け入れに向かい、やっとここに着いたというわけだ」

「判事は良い顔しないだろう。証拠の一つも出せないのに」

「アビリーンの郡裁判所にクルーガー判事て人がいて、数年前、同じハイスクールの出身だということがわかって、以来ゴルフ仲間なんだ。判事の弟さんはＡＴＦのベテラン捜査官だとかで、ＦＢＩや国絡みの事件だと厳しい態度を取る。つまり容疑者や被告に容赦無い。だから、私が必要だと書類に書けば、彼は中身を吟味せずにサインしてくれる」

「ヘンリーは元気にやっているのか？」

「三人とも元気だという話だったぞ。その女友だちのパイロットから話を聞く限りでは、ＬＡは酷い状況らしい。そこいら中でドンパチやっている。だが、ＬＡＸの制圧と維持に成功したから、少しは改善されるかもという話だ。これからは、東アジア、南半球からも、続々と支援機が入るだろうからと」

「こんな小さな町にも避難民が来るんだろう？」

「そうらしい。飛行場で聞いた所では、ひとまず二千人を、学校の体育館他で受け入れるらしい」

「そんな数を受け入れられるほどの学校はないし、食い物はどうするんだ？」

「町中のレストランに発注したらしい。何なら人手も確保してやるから、とにかく食い物を作ってくれと。例の日本食レストランも、これで少しは助かるんじゃないか？　州からそれなりの謝礼が出るだろうから」

「ここの上下水道は、そんなに持たないぞ。人口一万の町の受け入れ能力なんて知れているだろう」

やがて、検視官事務所の遺体搬送用ワゴン車とショベルカーを乗せたトラックが現れた。

棺の掘り返しが終わるまで、二人はその木陰のベンチに座って待った。湿度は低いが、すでに華氏一〇〇度を超えていた。昼前でこれだ……。テキサスはそういう所だとは言え、年寄り二人には苦痛だった。

「奴の死因は何だって？」

「アビリーンの検視官事務所で、朝一で段ボール箱と格闘したよ。ペーパーが残っていた。建築作業時の屋根からの落下事故だ。頸部損傷と後頭部打撲が命取りになった。で、驚くべき事実がわかった。それを検視解剖したのは私らしい。全然記憶にないんだがね。記憶に無いということは、当時、それは別に不審死では無かったのだろう」

「じゃあ、遺体を引き取りに来たジュニアと会っているのか？」

「その可能性もある。記憶にはないけどね。ジュニアが大学に上がる直前の出来事だな。父親がここで亡くなったのは二〇年前。だが、例のレストラン経営者夫妻の家に遺体が塗り込められたのは、ほんの五年前だ。ジュニアはなんでここに戻って来たんだろうな」

「被害者の失踪日と父親の命日は重なっているのか？」

「いや、全然違うな。墓参りに来たついでということは無いだろう。たぶん、犯行目的でテキサスに戻ってきて、遺体をわざわざこの町に埋めた。ただ、この辺りの学校に通っていたはずだから、土地勘があった可能性はあるだろうな。だからここに埋めた」

「ニックが以前に言っていたが、ジュニアにとって父親は崇拝する対象ではなかった。それを考えると、墓参りとかいちいちしたのかな」

「だが、犯行は引き継いだ。崇拝という言葉の意味が、われわれとは違うのかも知れないぞ」

三〇分後、土くれを被った棺が上がってきた。ハッカネンが腰を上げ、「行くかい？」と聞いた。

「遠慮するよ。棺桶に入った自分が二〇年後掘り起こされる所を想像するとぞっとする」

「三〇年、壁の中に埋まって死蠟化した遺体を見た後に飯を食いにいけるのにか？　搬出だけ確認してくるよ」

棺を開け、鑑識が現場写真を撮った後、ボディバッグに亡骸を移し替えて、搬送車が走り去っていく。

ハッカネンが戻ってきた時、ビジネス・ジェットが轟音を立てて離陸するのがわかった。あれもLAから重症患者を運んできたのだろう。

「身長は、私が検視報告書に書いた通りだ。当たり前のことだが……。プロファイルの犯人像とも一致する。やはり東洋人だったな」

「本当に覚えていないのか？」

「二〇年前と言えば、911の後だ。帰還兵の自殺や、まあそういう荒んだ事件が多くて、私は疲れ切っていた。だから覚えていないのだろう」

「アビリーンで出た遺体の爪の遺留物からＤＮＡは取れたのか？」

「問題無い。たぶん、法廷で鑑定結果を議論しなくて済む程度のものは取れている。これで照合できるだろう。少なくとも、父親の仕事に関しては、数十件の未解決事件が一挙に解決することになる。容疑者死亡とはいえ」

「問題はジュニアだな。このままじゃ間違い無く四年後の民主党大統領候補だぞ。初のアジア系大統領の誕生だ」

「これが、実子なら、ことは簡単なんだが……。もし結果を出せなかったら、遅かれ早かれ、われわれが次期大統領候補をシリアル・キラー扱いしたことがメディアにリークされ、お互い、けつの穴までメディアに覗かれ、追い掛けられることになる」

「われわれは棺桶に片足を突っ込んでいるようなものだが、まあ、息子は、何か新しい仕事を探すだろう。気にしても始まらない」

「そうだな。今日は暗い内から働かされて疲れた。スシでも食わせろ。例のスシ・レストランに寄ろう」

「だが、経営者夫婦はいないらしいぞ。旦那の友だちを迎えにフロリダに向かったとかで」

「そりゃまた無茶をする。家を失ったばかりなのに、他人の心配なんて。でも、商売が忙しいことを知ったら引き返してくるんじゃないか？　ルイジアナを半分も横断できればたいしたものだ。ニューオリンズまですら辿り着けるとはとても思えない」

「あの旦那、無口だが、サムライだぞ、あれは。俺はやるとみたね」

二人は、アライが運転してきた〝オデッセイ〟に戻りながら、経営者夫妻が手ぶらで戻ってくる可能性にいくら賭けるかを話し合った。テキサスの気温はまだまだ上がりそうだった。

ここスウィートウォーターは、風力発電の町でもある。全米でも規模の大きい風力発電の施設と発電パワーを持つ。仮にテキサス中が停電しても、スウィートウォーターは最後の砦として持ち堪えるだろう。その電力は、隣接エリアの電力も賄って余りある。

ダラスが陥落したら、その避難民が殺到するだろうが、ひとまずは平和な町だった。

テキサス州オレンジから州境のサビーン川を渡り、三〇マイル東へ走ったレイク・チャールズの東端にシュノールト国際空港がある。

西山夫妻の〝ソナタ〟は、そこまでわりとさくさく走ってこられた。テキサスへと向かう車線は渋滞しているが、反対車線に渋滞はない。だが、炎上して乗り捨てられた車と遭遇する機会が増えてきた。

道端に斃れる死体を回収するボランティア・グループともすれ違った。ボランティア活動と遭遇できるのは良い傾向だった。だが、ここは辛うじて治安が維持されているということだ。

空港の北側10号線を挟んで、ゴルフ場があった。そこでいったんトイレ休憩となった。この街からさらに東へと向かう民間人は強制的にそこに集められ、治安状況に関するルイジアナ州当局のブリーフィングを受けることが義務づけられていた。

空を見上げると、小型旅客機が時々離着陸している。テキサス州から、補給物資が入ってくるということだった。

仮設トイレが一〇個ばかり、緑も鮮やかなグリーンに並べられていた。だが、ゴルフ場をよく見ると、あちこち芝生が変色している。枯れて茶色く変色した場所もある。異常気象の高温と水不足のせいだった。

男性用の小便器の行列は知れていたが、男女兼用は、日本の夏の花火大会にあるトイレ程度の行列だった。

ジョージ・西山は、息子と小便した後、妻の行列に並んだ。ソユンは、日傘兼用傘を差していた。周囲がちょっと羨ましげな視線で見遣ってくる。それほど暑かった。直射日光は強烈に地面を焼いて、陽炎が立っている。

足下の芝生は、どうして生きていられるのか不思議だった。地面は煮えたぎっていると言っても過言でないのに。テキサスではこれが毎日、半年は続くのだ。アメリカには移動の自由があるのに、なぜこの人たちが引っ越さないのか不思議だった。コロラドの高地とか、ワシントン州のような緯度の高い地域に集団で引っ越せば良いのにとソユンは思った。

誰かが、「携帯が繋がるぞ！　電波が来ているぞ！」と叫び、皆が一斉にスマホの電源を入れ始めた。

朝、テキサス・レンジャーの中尉さんが言っていた通りだ。たぶん、今この街の上空高くを、中継器を積んだ何かが飛んでいるのだろう。太陽光パネルを貼った高高度無人機か、あるいは気球が。

ソユンは、携帯の通信機能をオンに戻しながら一瞬、傘を傾けて空を見上げた。

「ひとまずメール・チェックしてみて」

回線は繋がっていたが、案の定混雑していて、なかなかメールはダウンロードできなかった。

二人とも、経営するレストラン従業員から同じ内容のメールが届いていた。日本語のメールだった。

「カケル君からじゃん。何これ……」

地元行政機関からの要請で、市内に避難してくる避難民向けの食料の提供要請があったという話で、その文面のコピーが添付されていた。

「一食三〇ドルで、三〇〇食提供、て原価二〇ドルに抑えて粗利一〇ドルで三〇〇〇ドルの儲けか。それ、日本円でいくらだ？」

「あんな紙屑に換算してどうするのよ！　一食一〇ドルの儲けはちょっと暴利よね。せめて人件費込み込みにして、純利益五ドル程度が良いんじゃないの。でも、避難民に三〇〇食なんて無理よ。三〇食もおぼつかないわ。米とか小麦とか。パスタなんてもうどこにも売ってないでしょう」

「米なら、カリフォルニアから買えば良いじゃないか。飛行場があるんだから空輸させれば良い。パラシュートで落としても良いし」

「断るしかないんじゃないの？　うちの普段の客単価で考えても、そんなに良い商売になるとは思えないわ。いくら客が来ないとしても」

「こんな状況で開店休業しているみたいなものだ。州政府が金を出してくれるというならやるしかないだろう！　それが地域社会への貢献だし、米なんて、何なら自衛隊に運ばせれば良いだろう」

「無茶言わないでよ。今夜の客に出す米だっててないのに。どうしてもそれをやりたいならここから引き返すしか無いわよ？」

「いや、その必要は無いだろう。カケル君さ、商学部の学生さんで、そういう流通問題にも詳しそうじゃん。俺はいろいろと教えていたし。ダラスの総領事館に電話して、スウィートウォーターまで食い物を運んでくれ、こっちで調理するからと頼めば良い」

「そんなの無理に決まっているじゃない。全米中からその手の依頼が殺到しているのよ。いちいち捌ききれるはずもない」

「いや、州政府に後押しさせれば良い。そもそもさ、ロジがまともに動いているのはここテキサスだけだし、そこに日本から食料を届けるというのは合理的な判断だろう？　小麦や米がなきゃ、その食料も提供しようがないわけだし。こんなの早い者勝ちだと思うぞ？　カケル君に交渉させりゃ良いじゃん。ダラスの総領事館に電話を入れさせて、斯く斯く然々ですから日本から米を運んで下さいと」

「だって彼、ただの学生バイトよ？」

「学費のために休学バイト中なんだから、ボーナスを弾めば良いし、彼にとっても良い勉強になるじゃん。俺、ちょっと車に戻って、カケル君に電話してみるよ。通じなきゃメールでも良いけど。あと、必要な物資の見積もりもいるし。そういうリストを作って総領事館に送って仕事させりゃいい」

「それ、どうやって体育館とかに運ぶわけ？　ドラム缶に入れて運んで、ペーパーディッシュじゃ済まないでしょう？　使い捨てのフードパックが最低、人数分必要よ。スプーンも」

「それもリストに入れておく。心配するな。上手く行く！　今こそ日米同盟の真価が問われる時だ。

行くぞ、千代丸」

「もうあんたずっとこういう安請け合いばかりなんだから！」

「あと、タシロからのメールは来てないなぁ……。一応、今いる場所と、向かってほしい場所をメールしてみるよ。連絡が何もないってことは、あいつ、フロリダを出てから一度も携帯が繋がる場所に来てないってことだぞ。状況は厳しそうだ……」

「生きていれば良いけれど」

　西山は、車に戻ると団扇で扇ぎながら運転席に座った。ここは、避難場所というわけではないが、トイレの他にも飲める水の小さなタンクがあり、それを武装したボランティアが守っている。

　中には、ライフルを肩に掛けている男たちもいる。そこそこ安全な場所だと考えて良いだろう。

　それにしても猛烈な暑さだ。ドアを開け放ち、日除けのシェードをフロントガラスの外から立て、西山は息子に水を飲むよう命じた。

　連れてくるんじゃなかったと少し後悔していた。ここから先は、何かの急病になっても医者には掛かれない。

　そう言えば、トイレの行列に向かって、ボランティアスタッフが「ソーシャル・ディスタンスを取れ！」と盛んに呼びかけていた。こういう人が集まる所では、当然感染症のリスクも高まるだろう。

　アジア人がマスクをすると笑われるのがこの南部という所だが、マスクは確かどこかにあった。こういう場所では、それを付けた方が良いかもしれないと思った。

　西山家が参加する〝幌馬車隊(WTF)〟は、〝グリーン24〟プラトーン、と命名されていた。ワイパーに緑色のリボンを結んで州境を越える二四番目の小隊という意味だった。

後で二手に分かれる予定らしいが、今は三〇台近くで編成されている。子連れは西山家のみ。ここが初めての休憩地となったが、皆から千代丸がちやほやされた。

そして、リーダーを務めるのは、黒人の元海兵隊軍曹ドミニク・ジョーダン氏だった。すでに六〇歳近いが、フロリダのケアホームで働く妹のところに、食料物資を届けに行くとのことだった。皆からは「サージャント」と呼ばれていた。元海兵隊にしては、人当たりも柔らかく、聞けば、沖縄にも何年かいたらしい。

迷彩柄のブーニーハットを被ったジョーダン軍曹は、腰にリボルバーのホルスターがあった。自分の車には、たぶんライフルも置いているだろう。

軍曹が西山の車に近付いてきて、しばらく気まずい思いがしたが、軍曹は、西山が英語下手な事実をすぐ受け入れてくれた。たぶん海外勤務が長かったせいだろう。

ソユンが戻ってくるまで、しばらく千代丸の相手をして遊んでくれた。ソユンは、空のペットボトルを一杯にして戻ってきた。

「奥さん、ちょっと良いかな。旦那さんにも聞いて貰いたいけど、細かな所はあとで奥さんから説明してあげて下さい」

軍曹は、コピーして束ねた地図をボンネットに置いた。

「ここまではだいたい安全だとわかっていたけれど、でも、オレンジにも銃声が時々聞こえてきたから、幹線道路を外れたら危険だと考えた方が良いだろう。それで、この後、ジェニングス、クラウリーと走って、ラファイエットまで進む。凡そ七〇マイル。何としても日没前にラファイエットに辿り着きたい。南へ下るルートも考えたのだが、情報が全く無い。安全なのか危険なのか」

「ということは、そのラファイエットの情報はあるんですか？」

「良い質問だ。実はある。というか、あるらしい。LAからの情報だ。どういう連中か知らないが、全米で、アマチュア無線のネットワーク構築に励んでいるボランティア・グループがいるらしい。その連中が、ラファイエットに暮らす無線愛好家と通信が出来ていて、状況を把握しているらしい。彼ら、客観評価の基準として、一時間内に何発銃声を聞いたかとの報告も求めている。それに拠ると、お世辞にも安全とは言えないが、全く治安維持が出来ていないということでもないらしい。パトカーのサイレン音の報告もある。それで、実はテキサス州軍のコマンド部隊が、ここレイク・チャールズから更に東に展開している。10号線をパトロールしているらしい。彼らは今日中にラファイエットまでのルートを確保して、補給物資をそこまで入れたいらしい。護衛付きなら、夜でも走れるくらいには治安回復したいそうだ。そのために協力しろと地元の行政機関にも働き掛けている」

「テキサスって、そりゃ石油も穀物も生産しているけれど、州内に避難民を抱えて、他州にまで援助を広げる余裕があるんですか？」

「州当局としてはさ、テキサス州への避難民の流入を阻止するためにも、隣接州の治安を回復すべきだと考えているんだろう。そういう発想は間違ってはいない。それで、パトロールがいるなら、それに付いていけば良いという話になるが、何しろ、テキサスの外に出たいという物好きはわれわれだけじゃない。その隊列は何マイルにも及ぶことになる。州軍の武装車を、各小隊と小隊の間に入れてくれるよう今交渉中だが、いずれにせよわれわれはカモだ。何しろ、テキサスを出て隊列を組んで走ってくる車は、食料や燃料を満載しているると解り切っているからね。暴徒達も必死で襲ってくる。

この後、銃撃戦は避けられないだろう。たとえ明るい時間帯でも。それで、もしそういう状況になったら、とにかく君たちは動かないでくれ。バンバン！　ストップだ」

と軍曹は西山の顔を見て言った。

「動くな。絶対に動くな。いちばんやっちゃいけないことが、その場でUターンして引き返すことだ。バンバン！　ノー、Uターン！　それはトラップだ。暴徒が仕掛けたトラップ。アンブッシュという奴だね。慌てて逃げ帰る所に、網を張って待ち構えている。だから、銃撃戦が始まったら、勝とうが負けようが、銃声が止むまで動かずに、姿勢を低くしていてくれ。十分ではないが、こちらにも銃はあり、撃てる人間も何人もいる。だから応戦は出来る。時間を稼いでいる内に、他の小隊も駆けつけてくれる。前後の小隊とは、それなりに意思疎通もしている。知らん顔して逃げることはしないという約束が出来ている」

「じゃあ、自分たちが攻撃されているわけでもないのに、巻き込まれることもあるんですね？」

「残念だがある。暴徒に対しては、こちらが数で優ると見せつけるしかない。ま、アフガンで似たような状況は何度か経験したよ。周りは敵だらけの中で、パトロールしなきゃならなかったから。とにかく、どんな状況だろうと、慌てずに行動してくれ。君らのことは、私が守る。私の妹には、まだ小さな子供がいてね。高齢出産で心配したが、でもやんちゃな女の子だ。姪っ子を助けに行かなきゃならない。簡単には死ねないよ。姪っ子の笑顔を見るまでは」

「よろしくお願いします」

とソユンは頭を下げた。

「でもまあ、あんたたちも無茶だよね。このグリーン24の面子の中でも、貴方たちが一番無茶だよ。銃を撃てるわけでもなし、挙げ句に子連れなんて。その人は、貴方たちの恩人か何かなの？」

「いえ。ただ昔、旦那の同僚だったというだけです」

「おお、サムライ、ローニン！　ね。会えると良いね。お互い、先は長い。リラックスして行こう！」

軍曹が去ると、ソユンは助手席に座り、「早くここを出たいわ。走って風を入れるなりエアコンを掛けるなりしないと死ぬわよ、この暑さ」とぼやいた。

西山は、要求する食材をメモしたものを見せた。

「アメリカ人のご飯一杯分の米を八〇グラムで計算すると、五キロの袋でざっくり六〇食だ。そんなのどうやって炊くのよ？　と言われるから、当然日本からの援助には、業務用炊飯器も付けてもらう。すると、三〇〇人分の米を炊くとして、一回で五キロ入りの米の袋が五袋いることになる」

「アメリカ人みんなに米を食わせるの？」

「非常時だ。小麦粉をこねてパンを焼くなんてべらぼうな手間暇が掛かるから無理だぞ。まあ、パスタくらいなら援助してもらっても良いが、それでも、重量比換算で一番カロリーが高いのは米だろう。仮に一トンの米なら、一万二五〇〇食？　一日二食としても二十日は持つ」

「その一トンをうちだけで独占できればね。あと、この青物は駄目よ。日持ちしないし、ドレッシングも必要になるし。ゴボウは良いかも。マヨネーズを付けてもらうだけで済むし。ポテトはどうかしら。必要な数が届けば良いけれど、米が駄目ならアメリカ人には良いかもね。ついでに乳児用のミルクに、子供達が食べる甘いクッキーとかも。でも貴方、これを本気で要求するつもり？　総領事館が相手してくれれば良いけれど。この子が生まれた時に、ダラスの総領事館にいろいろと手続きに行ったけど、あまり良い印象はなかったわね」

「役所はどこでもそんなものだろう。ポテトなんて、日本はアメリカ産のを買っているんだぜ。クインシーとかのど田舎の工場で加工された奴を。あそこから直接運んでもらうのが一番早いけど。あそこ、機械を卸しに何度か行ったけど、確か、空港とかは無かったな」

携帯はまだ繋がっていた。西山はそれを写メに撮り、バイトの日本人学生にメールした。電話はなかなか繋がらなかったが、辛抱強くかけ続けた。一〇分ほど二人でかけ続けて、ようやく相手が出た。二人が「カケル君」と呼ぶ日本人大学生だった。

学費を稼ぐために一年間休学して、観光ビザでアメリカに渡って来た。その後、違法バイトしつつアビリーンに流れ付き、そこで語学学校の学生となり、学生で取れるいわゆるＦ１ビザを取得した。一日四時間しか働けないが、西山は、彼のアパート代を別途払ってやることにしてバイトとして雇っている。とはいえ、日本の大学に戻る気があるかどうかは疑問だった。北米のサラリーに比較すれば、ゴミみたいなサラリーの日本企業に就職するために大学に通い、就職活動で時間を使うことに疑問を抱いているようだった。

せっかく入ったんだから大学くらい出ておけよ、と西山は言ったが、いずれにせよ、それは本人が決めることだ。今時の内向きな日本の若者にしては、蓄えもないのに、違法バイトしつつ、ビザが許せる期限内、海外を見て回りたいという若者を応援したかった。

根岸翔青年は、電話が繋がったことに驚いた様子だった。

「今どこですか？　店長！」

「州境をほんの五〇キロ東へ出た辺りだな」

「テキサスのですか？　てっきりとうにニューオリンズ辺りまで行っているかと思ったのに」

「そっちはどうだ？」

「昼飯時に店を開けようとしたら、市当局の役人がやって来て、営業する余裕があるなら、避難民用の食事を出してくれと言われまして、ちょっと圧力を感じましたね。言うこと聞かなきゃ、後でそれなりの報復が来るぞと……。それで、ひとまずウォルマートに、容器というか、フードパックを買いに走りました。俺の電子マネーで。動いている電子マネーですが。板前さんと話し合って、五〇食くらいは用意できそうだとなりましたが」

「よし！　やれ。あるものは全部使って良い。今日から君は、当店のエリア・マネージャーだ。時給も倍出すぞ！　できることは全部やれ。ブラックカードも使って良いぞ！」

「はい！　頑張ります店長。明日からCEOと呼ばせてもらいます！　でもウォルマートにももう米も小麦もないんですよね？」

「それはな、俺が何とかする。俺たちが戻ってくる必要があるか？」

「いいえ！　バイトの連中とも話し合いましたが、店長がいない分、みんなで頑張ろうと。お互いベストを尽くしましょう！」

横からソユンが、「一軒しかないのに、エリア・マネージャーだの、明日にはローン返済できなくてカードも止められそうなのにブラックカードだの何バカなこと言ってんのよ！」と西山のスマホをもぎ取った。

「カケル君！　携帯はここから先、ほとんど通じなくなりますから、必要なことは貴方の判断でやって下さい。あと、行政には、諸々サイン入りの文書で出すことを求めてよ。後になって、そんな約束はしてないとか言われたくないから」

「はい。それはみんなから言われましたので、昼飯が欲しかったら市長のサイン入りのペーパーを持ってこいと伝えてあります。でも良いんですね？　たかが塩結びに毛が生えたような昼飯で、三〇ドルもふんだくるのは気が引けますが」

「良いのよ。テキサス州は金持ちなんですから！　もっとふっかけていいくらいよ。じゃあ頑張ってね！」

　携帯を切ると、ソユンは、「良いことを思い付いた」と言った。

「ほら、テキサス・レンジャーさんが話していたパクさん。腰の骨を折ったとかいう。あの人、ダラスの政界にそこそこ顔が利くのよ。韓国人社会はほとんど抑えているし。たぶん教会繋がりだと思うけれど。まずは、パクさんに助けを求めましょう。それで、ダラスから食料を運んでもらって、韓国総領事館経由で、日本の総領事館にも話を通してもらえば、スムーズにことが運ぶかも知れないわ。テキサスの経済はでかい。日本や韓国もそれなりに経済的な繋がりがある。日本人と韓国人夫婦が経営するレストランが、避難民用の食材を求めている、米で良いから日本から運んでもらえないか？　とお願いすれば……」

「よし！　電話掛けろ！――」

　ソユンは、外に出てグリーンの上の木陰まで歩いて電話を掛けた。今度は一発で繋がった。パク夫人に、お見舞いの言葉を伝えてから、救援を申し出た。こういう人たちは、普段から人助けに飢えている。今も、避難民を受け入れている教会で昼ご飯を作っている最中だということだった。

二つ返事で引き受けてくれた。電話はいつ繋がるかわからないだろうから、手応えがあったら、店の方に連絡するし、メールも送るからということだった。

トイレ休憩が終わり、やっと隊列が動き出した。西山が運転するソナタは、先頭車から二〇台目辺りだ。前後を常に同じ車で結ぶことで、脱落車が出ないように注意している。もし止まるしかなかったら、クラクションで合図して、全体が路肩に寄せるようルールが決められていた。

ここまでトイレがあったが、ここから先はトイレ休憩でふいに止まる車も増えてくることだろう。

次の休憩は、三〇マイルまっすぐ東へ走ったジェニングスに設定されていたが、街の様子がどうかは全くわからなかった。ジェニングスのほうから走ってきた避難民がその街を通ったのは、二日前のことだった。避難民もまた、仲間を募って走っていたが、二日前の情報はもう当てにならなかった。日を追うごとに状況は悪化していた。

075型揚陸艦〝海南（ハイナン）〟（四七〇〇〇トン）を飛び立った海軍陸戦隊二個中隊は、それぞれシアトル空港近くと、米陸軍基地近くにヘリで降り立った。

敵のミサイル攻撃があることは承知していたので、橋頭堡を確保するふりをしてすぐ後退した。その読みは見事に当たったが、その後が良くなかった。

陸軍基地攻略は、司令部要員しかいないはずだが、地の利がある敵が有利で、いったん後退するしかなかった。

そして、空港攻略も、敵が一歩先んじた。自衛隊の応援部隊が先に到着し、なお呼応して攻撃するはずの〝ナインティナイン〟も、陣取っていた駐車場ビルが崩落したせいで仕掛けてこなかった。

そしてシアトル空港周辺には、今自分たちの倍の自衛隊部隊が展開していた。

一個中隊を率いる隊長の楊孝賢(ヤンシャオシエン)海軍中佐は、ドローンの映像で、ターミナル・ビルの様子を観察した。滑走路上には出ないよう飛ばせていたし、日本側もこちらのドローンを撃墜する気は無い様子だったが、ターミナル・ビルの屋上に、重機関銃が据え付けられているのが見て取れた。

部隊は、空港の南西側、工場街を挟んだ森の中に散開させている。北京からの命令は簡潔にして明瞭だった。

その命令に異議は無かった。現実問題として、短い時間でこう防備を固められては手も出ない。敵に犠牲を強いることは出来るだろうが、味方部隊が全滅するのは時間の問題だ。たとえ残る二隻に乗る陸戦隊全ての戦力の協力が得られたとしても、シアトル空港占拠というひとまずの目標は、とても犠牲に見合うものではなかった。

楊中佐は、フォート・ルイス攻略に向かった副隊長の王高遠(ワンガオユエン)少佐にも中隊の撤退を命じてから、木陰の下を歩いた。

この森の西側にも工場があり、その西側がようやく住宅街だ。いざとなったら、住宅街まで撤退するつもりだったが、その必要は無さそうだ。ここも公園というわけではなさそうだが、あちこち人が歩いた跡があった。

ＬＡＸ攻略はコンクリートの地面の上だったが、ここは良い森林浴になる。気分が落ち着いた。

「隊長、そろそろ回収場所に移動しませんと。日本は本当に攻撃してこないのでしょうか？」

一個小隊を預かる張旭光(チャンシューグアン)海軍大尉が後ろか

ら追い掛けてきた。

「日本側からの申し出らしいからな」

「不可解です。ミサイルや爆弾で全滅させられるのに、どうしてそうしないのでしょう？」

「いやぁ、最後は陸兵同士で撃ち合いして黙らせるしかない。その犠牲は向こうも無視はできないだろう」

「しかしわれわれがほぼ無傷で撤退したら、また別の戦場で相まみえるだけですよね？」

「その可能性も承知済みだろう。問題を先送りしても、彼らには今、解決すべき課題が他にあるということだ。そもそもわれわれの戦略目標は、シアトル空港の奪取ではなく、あくまでもナインティナインの援護だ。カナダ国防軍の潰滅に手を貸し、ナインティナインがシアトルを占領して〝解放〟を宣言することを手助けすることだ。そうすれば、他の都市部で戦い続ける人々も勇気づけられる。だが、それは失敗した。失敗した以上、われわれがここに留まることもない。呼応する部隊もいないのに、解放軍部隊がシアトルにいったんは上陸したことで、ロシア側にも義理立ては出来たとするしかないな」

「この状況は、われわれに良いように作用するのですか？」

「さあ、どうだろうな。仮にバトラーが、この街の制圧に成功していたら、ホワイトハウスに立て籠もる今の大統領は、心折れて敗北を認めたかも知れない。バトラーが勝ったら、憲法停止して強権政治。ロシアとの関係は改善するだろうが、あいつは中国にも甘い顔をするだろう。メッキは直ぐ剝げる。上手く行くとは思えない。われわれは一時の勝利に酔えるだろうが、アメリカ人は直ぐ過ちに気付いて、国の立て直しに掛かると思うぞ。イギリスがブレクジットを後悔したみたいに。私の信条に照らすなら、そうだな。バトラーは協力する相手では無く、倒すべき相手だ。そしてだらだらと米社会の緩慢な死を見届けるのが中国の国益だと思う。政治家はどうしても結果を急ぎたがるがな」

「複雑ですね。中佐のお話を理解するには、政治哲学の高尚な理論を身に付けている必要がある」

「そんなに複雑か？　覇権を奪うというのはそういうことだと思うぞ。明日焼け野原になったら、後は復旧復興するだけだ。だが、延々と燻り続ける火はやっかいだろう。水も掛けなきゃならんし、鎮火するまで避難も必要だ。あの将軍にまた挨拶できると思ったがな。次の機会にお預けだな。さあ帰ろう！　われわれ指揮官は、一人でも多くの兵を無事に連れ帰ることも誇りとすべきだ。兵隊の命は無駄には出来ん」

「はい。そうですね。部下達は、ＬＡＸと違って暴れられないのを残念がっていますが、それも仲間が皆無事だから言えることです。次は自分かも知れないと思うと、そんな威勢の良いことは決して言えないでしょう。帰って、また次の出撃に備えましょう！」

一〇機を超える直昇８大型ヘリコプターが、工場の巨大な駐車場に次々と着陸する。空港のフェンスは目と鼻の先だ。

兵達が次々と乗り込んでヘリは離陸していく。

楊は、あと一歩だったなと後悔した。あそこで敵のミサイル攻撃に備えて後退せずに、そのまま空港エリアに押し入っていたら、ターミナル・ビルへの突入は自衛隊と同着か僅かに早かったはずだ。先に占領できていれば、ここの状況も変わっていただろう。

いや、それとも数で優る自衛隊が押してきて、血みどろの戦いになっていただろうか？　向こうもそれなりに減らすだろうが、こちらは全滅する羽目になっただろう。

今は、これで良かったのだと納得するしかなかった。


土門は、ターミナルの窓から、離陸していくヘリの編隊を見送った。つい二日前は、このヘリに水機団を乗せてＬＡＸまで飛んでもらったのだ。一度はともに死線を潜(くぐ)った仲だと言って良い。奇妙な感覚だった。

「森に誰か入れて捜索しますか？　斥候がまだ潜んでいるかも知れませんが？」

と原田三佐が横で進言した。

「いや、やめておこう。そこいら中にブービートラップだぞ。クアッド型ドローンを入れて捜索するだけで良い。カナダ軍はどうだ？」

「戦闘できる状態には見えません。彼ら、何しろＭ‐16ですから。あの個人装備は、一〇年前の陸自普通科の個人装備より酷いです。二一世紀の軍隊とは思えません。暴徒の方がまだましな装備です」

「彼らの顔も立ててやる必要がある。バトラーの捜索に関して、アメリカから正式な依頼が来た。捜索に割けるほどのリソースはないが、今度どこかで見掛けたら、優先して追跡することになる」

「暗殺して良いのですか？」

「それは断った。そういうことをしたいなら、自分で探せと言ってやったよ。ま、伝えてきた陸幕相手にだけどさ。うちは暗殺はしない。空港防衛の配置を考えて水機団を守備に就かせよう。同時に、街のパトロール計画も立てなきゃならない。少しずつでも奴らを削り、シアトルを安全な街にしなきゃならんぞ。そして、滑走路周辺の掃除と、空港の南北エリアの確実な掃討が必要だ。二度と

旅客機が下から撃たれないようにな」

「地味な作業になりますね」

「そうだな。飛行場の掃除くらいは誰かがやってくれるだろう。LAXみたいに避難民を借りだしても良いし。しかし、敵も詰めが甘いな。ロシアが付いているなら、事前にシアトルの何がウィークポイントか教えただろうに。たとえば空港の燃料システムとか」

「何か意図があるかも知れませんよ。後からやってきた誰かがその燃料を必要とする予定だからとか」

「ロシアは、アラスカくらいは狙ってくるだろうが、シアトルまでは来ないだろう。そうだな、アメリカを牽制するために、一時的に占拠するのはありだろうな。警戒しとくことにしよう」

娘の恵理子が一条総領事を連れて現れた。

「総領事からお願いがあるそうです」

「実は、各国領事館で話を纏めた上でのご相談なのですが、シアトルのダウンタウン解放へ向けて、早く前進をお願いしたいと」

「ここからだいぶありますよね？」

「そうよ。この空港は、どちらかと言えばシアトルの南端です。高層ビルの一棟もない。何しろ空港周辺ですから」

と娘が説明した。

「各国総領事館を含めて、シアトルの中心部はここからずっと北、二〇キロ近く北です。東京で言えば、丸ノ内から川崎駅辺りの距離かしら。林立するビル群、バトラーの一味もそちらへ逃げて、今官庁街を荒らし回っている」

「空港も守って、一時間でも早く利用出来るよう復旧させる必要があるが？」

「この辺りにもうナインティナインはいない。それに、空港の復旧には、ボーイングの助けを借りられるよう交渉中です。近隣の工場で働く、まだ周辺に留まっている人々の手を借りて復旧させます」

「あんな高給取りな労働者、真っ先に避難したんじゃないのか？」

「だから、残っている人々よ。彼らもシアトル空港の重要性は理解している。シアトルの一日も早い復興は、ボーイングの利益でもある。だから彼らは協力してくれます」

「わかった。〝メグ〟が着いたら作戦を練ろう。カナダ軍の扱いをどうするかも、ルグラン少佐と話し合わなきゃならんが」

　レントン空港周辺の道路掃除がようやく終わり、そこで戦っていた一個小隊が間もなく出発できそうだという連絡が届いていた。指揮通信車両も、彼らと共に移動してくる。

　さてここからどうしたものか、と土門は考えあぐねていた。どこかに立て籠もって戦うには十分な戦力だが、暴徒が暴れ回る大都市を掃討するには十分な戦力ではなかった。ロスアンゼルスですら、一個中隊でやってのけたのは、たかだか空港の奪還だ。街の平和を取り戻すなら、せめて万の兵隊は欲しいところだった。水機団三個連隊全て投じても困難な任務だった。

第三章　アダック島

アメリカ海軍ネイビー・シールズ・チーム7（西海岸担当）に所属するイーライ・ハント中尉は、その日、BBCのラジオ放送を聴きながら身支度を調え、アダック島海軍司令部に出頭した。司令部とは言っても、島に駐留するのは、百名に満たない施設管理部隊だ。半年もいれば、兵士らは皆顔見知りになる。

そして普段は全く静かな島でもある。この季節、アラスカ本土から週二便の定期便が狩猟の客を運んでくるが、この米本土の混乱で、そもそも定期便は飛ばなくなった。

その代わりに、日本の自衛隊機がひっきりなしに降りてくる。とりわけ海上自衛隊の哨戒機が。基地は俄(にわか)に騒がしくなったが、それでも、人員が補充されるわけでもなく、給油機が運んでくる航空燃料の管理に追われる程度だった。

だが、アダック島は、ここアリューシャン列島の東西一二〇〇マイルにも及ぶ島々の中でも、比較的大きく、ほぼ中央に位置する要衝だった。

もとは、この基地は、アメリカの領土として初めて外国軍に占領される羽目になった西のアッツ、キスカ島奪還のために設営された。

冷戦終了後も、それなりの規模の部隊が配備され、滑走路も維持された。民航用のロラン基地が閉鎖されたりはあったが、幼稚園から高校まであり、今も三〇〇名を超える民間人も暮らす。

気候はツンドラ地帯。風が強いので木は生えない。厳密に言えば、ほんの二〇本ばかりの森が一箇所だけあるにはあったが。住民は、飛行場と港がある島北部のアダック市に固まって暮らしており、そこを一歩出ると、島の中央部南には何もない。家一軒建っていない荒野が広がる。

町の外観は、なんというか、南極基地という感じだ。

大戦後、人の手によってカリブーが持ち込まれ、今は一大繁殖地となっているが、野生保護区にも指定されているので、その立ち入りと狩猟には厳しい制限がある。

兵士にとっては、金の使い道はなく、年中曇った空を見上げながら、退役後の計画を練るなり、昇進試験の勉強に打ち込むなり、それぞれ何かに集中していなければ、気が滅入る場所でもある。

その日の朝、アメリカ陸軍第160特殊作戦航空連隊、通称〝ナイト・ストーカーズ〟のMH-60M〝ブラックホーク〟ヘリコプターに乗り込む前のブリーフィングでも、格段の注意事項は無かった。

せいぜい、燃料切れで降りてくる日本の哨戒機に気を付けろという程度だった。少し、ピリピリしている所はあった。

前日、ロシアのツポレフTu-95RT〝ベアD〟型哨戒機が、ここアダック島を含めて、アリューシャン列島の西側を堂々と領空侵犯して飛行した。

空軍戦闘機が配置されているわけでもないので、為す術は無かった。軍として、ロシア軍の動きに注意しているとのことだったが、発進基地にするだろうペトロパブロフスクに空軍機が集結している様子はまだないとのことだった。

彼らナイト・ストーカーズとネイビー・シールズがここに派遣されたのはつい半年前のことだった。

ナイト・ストーカーズは、アリューシャン列島のパトロールに当たっているが、そのヘリに乗っている兵士たちもまた特殊部隊ということになる。だが、警戒活動自体は、退屈で、地味なものだった。毎日重たい装備に身を包み、荒涼とした大地を眺めながら島を縦横に飛ぶ。

アダック市よりさらに北に、四〇〇〇フィートの標高を持つモフェット山が聳えており、ここは一年中雪を被っていて綺麗だが、そんな景色にもすぐ飽きた。

着任してすぐ、アイゼンを履いての登山に出た。冬が近付いて雪質が良くなったら、スキーも出来るという話だった。

ハント中尉は、マシュー・ライス上等兵曹（軍曹）と組んでのフライトもいつもの通り。白人のWASP社会だと批判されるネイビー・シールズにあって、ライスは黒人としてチーム入りを果たした男だ。彼らは、機上整備兵のパーカー・ヘルナンデス特技兵と軽いジョークを交わしながら離陸した。

機長のニコラス・フィリップス陸軍少佐は四〇歳代半ばのベテラン・パイロットで、この気象条件が厳しい島で、自分の手足のようにヘリを飛ばす。

一ヶ月前、けが人が発生した中国の漁船員を助けに飛んだ時は、アダックまで戻れないとわかっていながら、メディックを乗せて飛んだ。手前の無人島に不時着して一昼夜明かすこととなったが、けが人は救えた。

副操縦士のベラ・ウエスト陸軍中尉は、軍でのキャリアは駆け出しながらナイト・ストーカーズのパイロットになった。そもそも彼女の若さで、しかも女性でナイト・ストーカーズに配属されることは滅多に無い。コネを使ったという噂もあったが、真相は誰も知らない。

海軍兵士二名、陸軍兵士三名が乗った特殊作戦仕様のブラックホーク・ヘリは、アダック飛行場を離陸した後、北へと飛び、モフェット山を一周した後、島の南西部へと向かった。

機内では、会話はインカムを通じてになる。だが、その瞬間起こった震動というか小さな衝撃を、ハント中尉は身体全体で感じ取った。

一瞬、キャビンの反対側から地上を監視するマシューと視線が合い、気付いたか？　という顔をした。そして、ハント中尉はすぐ腕時計を見遣りながら、イヤーマフの片側を少し浮かせて外の音に気配を集中させた。

数秒も経ずにエンジン音が変わった。というかおかしくなった。コクピットからアラームが聞こえてくる。片側エンジンのシャットダウン措置が取られたが、それでも足りなかったようで、機長の「不時着する！　備えろ！」という怒号と、中尉の「メイディ、メイディ！」という無線で助けを呼ぶ声が重なった。

ハントは、これは拙いなと思った。オートローテーションに入るには、少し高度が低すぎるような気がした。

その機長のコールから、地面に激突するまではほんの一瞬だった。激突する寸前に、カリブーの群れを見たような気がした。

ハントは、装備が入ったザックをベルトから外そうとしたが無理だった。そんな時間は全く無かった。だが、接地した瞬間、助かった！　と思った。ぎりぎりの所でオート・ローテーションが効いたのだ。

だが、接地した次の瞬間、天地がひっくり返った。ローター・ブレードが折れる不気味な音がした後、胴体が何度もひっくり返って転がって落ちていく。

ハントは、その先にあるものを想像してぞっとした。ツンドラ地帯の島は、この季節、そこいら中に、沼や湖が出来る。底へ向かって回転しているということは、それらの湖へと落ちているということだった。

やがて、油にボッ！　と火が点き、エンジン部分が燃え始めた。そこでようやく回転が止まった。胴体は、水辺の際で止まっていた。

「みんな無事か！」

ハントは、変な姿勢のまま呼びかけた。マシューが、ベルトを外そうと両手をバタバタとさせていた。煙と熱が充満してくる。コクピットは半分潰れ掛けているように見えた。

ドアがひしゃげて吹き飛んでいるせいで、そこからも熱波が入ってくる。前方のコクピットで、ウエスト中尉がベルト・カッターを使って、外れなくなったベルトを切ろうと格闘していた。そして、ヘルナンデス特技兵は、センサー・ステーションの機械が倒れて、その下敷きになっていた。

「マシュー、無事なら手を貸せ！　パーカーを引っ張り出すぞ！」

どこからか火炎が吹き込んでくる。ウエスト中尉の「機長！　機長！」と呼びかける声が聞こえてきたが、機長は動く気配が無かった。

「マシュー！　先に出てパーカーを引っ張り出せ！」

ハントは、自分たちの銃をまず放り投げた後、ヘルナンデス特技兵の脱出を助けてやった。ザックを引っ張りだそうとしたが、明らかに押し潰されている。せめて無線機だけでも取り出そうとポ

ーチに手を伸ばしたが、丁度壁に挟まれた反対側だった。

「イーライ！　早く脱出を――」とライス軍曹が叫んだ。

ハントは、ウエスト中尉をコクピットから引っ張り出して外に押し出した。機長は、意識があるようでないような感じだったが、拳で航空ヘルメットを殴りつけても反応は無かった。首に指先を当てようとしたところを、マシューからズボンのベルトを引っ張られた。

外に脱出すると、足下はもう水の中だった。火勢がキャビンにまで広がりつつあった。

「済まない！　少佐――」

とハントは脱出し、皆に続いて緩やかな斜面を登った。ヘルナンデス特技兵は、歩けないらしく、地面を這っていた所を、マシューが脇の下から両手を入れて引っ張り上げた。

「登れ！　登れ！　ここは危険だぞ」

二〇メートルも離れないうちに、ボン！　という音とともに、小さな爆発があった。燃料はもうそんなに残っていなかったはずだが、機体を燃やし尽くすには十分だっただろう。

コクピットの機長の姿は外からは見えなかったが、あっという間に黒煙が充満し、やがて炎に覆い尽くされた。

落ち着いて機体を見ると、横転しただけでは無く、機首方向へも一回転したらしかった。胴体尾部も折れ千切れていた。

折れたブレードにヘルナンデスを乗せ、その斜面の上まで登った。風は強く、機体から上がる黒煙が水平にたなびいている。

空を見上げると、どんよりとした雲の下を鷲が舞っていた。

「皆、姿勢を低くしてくれ！　ベラ、済まないがしばらくそこに寝そべってくれ」

「少佐を助けられなかった……」

「そうだな。事故原因はわかるか？」

「いえ。突然エンジン出力が落ちて、同時に加熱しました」

「狙撃だよ。下から撃たれたのが原因だ。なあマシュー」

「はい。間違い無くあれは狙撃です」

「発砲音が後から追い掛けてきた。たぶん五〇口径の対物狙撃ライフルだ」

「何それ？　電動のチェーンガンを装備する武装ヘリ相手に、たかがライフル一本で向かってきたというの？」

「中尉殿、それが対物狙撃ライフルだという根拠は何でありますか？」

とヘルナンデス特技兵が聞いた。地面に横たわっていたが、苦しそうだった。

「良い質問だ。まず、普通のアサルトで武装ヘリに立ち向かおうとは思わない。それにこの機体、アサルトの弾丸程度なら、そこそこ止める。射程距離もない。五〇口径弾なら、下から胴体を撃ち抜いてもエンジン・ルームを破壊できる。それに射程距離が長いから遠くからでも狙える。とは言え、飛んでいる飛行機相手だから、射手はそれなりの訓練を受けた狙撃手だろう。なあマシュー？」

とハントは、狙撃手でもある相棒に確認した。

「はい。間違い無く、撃ったのはスナイパーです。それもかなり自信過剰な。撃たれたポイントから、まだ二マイルも離れていない場所に墜落した。われわれは敵の射程内にいる可能性があります。最低でも三〇〇〇ヤードの安全圏は確保すべきです」

「マシューは、銃も回収出来たわよね？　なら撃ち合いになっても勝てるんじゃなくて?」

ウエストが聞いた。

「自分の狙撃銃は、ラプア・マグナム弾使用です。残念ながら、飛距離でも威力でも五〇口径弾には敵いません。これほどの腕を持つ相手と撃ち合っても勝てる見込みはゼロです」

「まず移動しよう。移動しつつ状況を観察する」

衛生兵としての資格も取らされたハントらは、ヘルナンデスの状況を診た。問題は腹部で、明らかに内臓器官が損傷を受けていた。徒歩はもとより、背負っての移動も危険だ。このままブレードに乗せるしか無かった。幸い、ブレードは二メートル超の所で折れており、それなりの重量がある点を除いては、担架として使えそうだった。

三人は、地面に足跡を残さないよう慎重に歩いた。ここから最低でも一マイルは離れたかった。

墜落地点が観察できて、且つ敵から隠れられる場所。移動しながら、まず自分たちがいるエリアを特定する必要があった。

「右手にウォーターフォール湾が見えていたから、南西のほぼ端ということになる。基地までは、直線距離で一五マイル。俺たち二人だけなら、一晩で走破できるが。山越えと渡渉が何カ所か入るから、夕方着は無理か?」

「そうですね。俺たち二人の足でも、深夜くらいは見込んだ方が良い」

「ベラ、飛行場のレーダーには見えていたかな?」

「いえ。途中に二〇〇〇フィート前後の山があって、この辺りはブラインド・ゾーンになっている。フライトプランの帰投予定時刻を過ぎた辺りで、誰かがレーダーに映っていないことに気付き、無線で呼びかけてくることになるわ。消息不明と判断されるのは昼過ぎね。島で飛べる飛行機はないから、シェミア島から、仲間のブラックホーク・ヘリが飛んでくるのが夕方かしら。その前に、立ち寄る海上自衛隊の哨戒機が捜索を始めるかも知れないけれど」

「でも、メイディは発信できたよね？」

「誰か聞いていてくれれば良いけれど……。もしメイディが届いていれば、シェミアのヘリは昼頃には着くでしょうね」

「無線機を持ち出せなかった。仲間に、敵の存在を警告する術が無い。たぶん基地側は、ただの事故だと判断するだろう。最悪の場合は犠牲者が増えることになる」

「なぜ撃ってきたの？　わけがわからないわ……」

「可能性は三つ。自分たちが発見されたと誤解、または発見されることを恐れた。この機体が飛んでいる先に、味方部隊が上陸してくる予定だった。潜水艦か何かでね。最後が、単に鬱陶しかったから」

「朝夕二回、たまには夜中も飛んでいるとなれば鬱陶しいでしょうね。でも、なぜシェミア島じゃなくここだったのかしら？」

「シェミアは小さすぎる。基地の滑走路しかないまるで人工島だ。占領して維持できるような大きさではないし、ロシア軍の攻撃に備えて、最近いろいろと強化もされてきた。アダック島は、ベーリング海哨戒の拠点でもあるから、ロシアにとっては目障りだろう」

「じゃあ、中国じゃなくてロシアということで決定かしら？」

「両国にとって目障りだけど、どっちの可能性もあるな……」

「中尉、もう一つの可能性。シェミアからナイト・

ストーカーズのヘリを呼び寄せるためにわざと撃ってきた」

とマシューが言った。

「その可能性もあるな。シェミア攻略のための陽動かも知れない」

深さ二〇フィートほどのバンカーを見付けて、ウエスト中尉が降りてみた。風は入らないようで、ひとまずの避難場所としてはまずまずだった。

そこに降りて、ヘルナンデスを降ろした。

「パーカー、君を背負っての移動は耐えられないし、担架に乗せての移動は目立つ。下手をすると全滅する羽目になる。だから、君とウエスト中尉は、助けが来るまでここで過ごしてくれ。夜は零下に冷え込むが、ナイト・ストーカーズの隊員は、寒冷地訓練を受けてるよね？」

「ああ。二度とご免よ。夏服のまま真冬のアラスカで雪洞を掘って一晩耐え抜けとか」

と中尉が嫌な顔をした。

二人のシールズ隊員は、いったん装備を脱いだ。まず、水の中に入ったブーツを脱ぎ、しばらく水抜きのためにひっくり返した。靴下を脱いで絞り、塹壕足を防ぐためのクリームを足に塗った。

食料をポーチに入れる余裕はないのに、塹壕足を防ぐためのクリームは、肌身離さず持ち歩くことにしていた。それほど、塹壕足はやっかいだった。どんなに装備が進化しようが、こればかりは防ぎようがない。濡れた足でほんの二時間歩き回るだけでも、そうなることがある。しばらく裸足のまま、足を乾かした。

そして、二人ともセーターを脱いでクルーの二人に渡した。

「われわれは鍛えているし、ずっと動いているから寒さを感じることもない。このセーターを着る時には、ここいらへんの下草をむしって、保温材としてセーターの下にたくし込んでくれ。分厚ければ分厚いほど良い。もし暇を持て余すようなら、そういう下草で、毛布を作るのも良いだろう。この担架代わりのブレードを壁にして、パーカーを入れた上からそれら下草を被せても良い」

「私が退屈する暇は無さそうね」

「そうだな。雨が降ったら、ブレードを屋根代わりにするしかないが」

ハントは、プレート・キャリアを剝がして、その裏側にダクトテープで収めた救命キットを選別した。

「それと、フェンタニル・キャンディを置いておく。これは、もうこれ以上の痛みに耐えきれないという時に使ってくれ。ベラに預ける。それと、浄水剤。流れている川の水も、あまりお勧めしないけどね。動物の糞が混じっているだろうから。マグライトは？」

「ええと、マグライトは無いけれど、チャートを読むために、キーライトならあるわ」

とウエストは膝のポケットをまさぐってキーホルダー型のＬＥＤライトを取り出した。

「標準装備のピストルはあるし……。でも狙撃兵相手に撃つとしたら、ぎりぎりまで引き付けて撃つこと。死んだふりをして、ほんの六〇フィートとかで」

「ねえ、あの噂を知っている？　島に狼がいるという噂」

ウエスト中尉は、少し胡散臭い感じの表情で聞いた。

「ああ……。どうかなぁ。狼って、群れで行動するんだろう。たった一頭、生き残っているのかなぁ。まあ餌のカリブーは腐るほどいるけれど」

「学校で噂になったそうよ。誰かが見た！　と喋ったら、みんなが、俺も私も見た！　と言い出したとかで。まあ子供はそういうものだけど」

「それ、野犬化した飼い犬だと思うよ。誰かがどこかで狼を手に入れて、わざわざこんな孤島でこっそり放つ理由がない」

「理由なんて、どうでも良いんじゃないですか？環境保護団体が、美術館の名画にペンキを掛けてアピールすることだって理由はないでしょう」

とマシューが言った。

「そうは言っても、狼を復活させるために、漁船か何かチャーターして、アリューシャン列島沿いに放して歩くのも金が掛かるだろう。それに一頭二頭じゃ繁殖もできないし」

ハントは、レッドフレアを二本そこに置いた後、ウエスト中尉が持ち歩くシグのＰ320拳銃を確認した。マガジンは二本。

「仮に野犬でも遭遇したら、まず声で脅し、銃声で脅せば逃げるだろう」

二人のシールズ隊員は、また靴下を履き、ブーニーハットを被り、首から下にギリースーツを身につけた。それは単なるネットというか、漁網を纏っているような感じだった。

「そのギリースーツ、風通しが良さそうね」

「これは、これから移動しつつ、草を編み込んで行く。半日もあれば、立派なギリースーツになるし、もちろん防寒対策にもなる。奥が深い世界だよ、この作業は、マフラーを編み込むようなものだ」

「サバイバルのプロとして、何かアドバイスはある？」

「君たちは、今は墜落後のあれやこれやに追われて落ち着く暇も無い。けれど、それが一段落すると、いろいろストレスに晒される。助けられなかった少佐のことや、自分たちの家族のこと、何より寒さと戦わなきゃならない。希望は必要だが、あまり楽観的にならないことだ。助けは今日中には来ないと思った方が良い。たぶん、上空から墜落地点を探して、レッドフレアが上がるのを見たら、ようやくそこでシェミアの部隊に要請が届くだろうから。彼らは夜も飛べるが、果たして今夜中に来てくれるかどうか。もし明日一日待っても助けが来ないようなら、われわれは二人とも戦死したということだから、明後日の夜明けと同時に、ベラはここを脱出して基地に向かってくれ。最悪の場合は、基地が敵の手に堕ちたか潰滅している可能性もあるが」

「もし運良く救難ヘリが来たら、貴方たちのことは何て言えばいいの？」

「決して探すな。われわれは敵を追っているから探すなと。そのヘリも、海外線沿いに飛んで基地に向かうよう警告した方が良いな」

「敵が私たちを捜し回るリスクは？」

「ほとんどないだろう。目的はあくまでも頭上を舞うヘリの排除だ。生き残ったクルーを排除するために、敵に発見されるリスクを侵す必要は無い。そんなに神経質になることはないと思う」

「了解。食料も無し、水も無し。でも無事を祈っているわ」

「うん。距離はたいしたことはない。障害物と言っても、低い山に、小川に、湖。むしろ障害物がないのが頭痛の種だな。隠れる場所がない。これがトレイル・ランなら、五時間もあれば十分だが。マシュー、俺が先に出る。一〇分経ったら、追い掛けてくれ。ただし、決して追い付こうとするな。合流して良い場所は敢えて説明しないが、稜線下とかで合流しよう」

「はい、中尉」

ハントが出発した一〇分後、ライス軍曹も腰を上げた。

「ではウエスト中尉。パーカー、医者の手筈を整えて迎えに戻ってくる！」

「信じてるからな、マシュー！」

二人になると、途端に静かになった。バンカーの縁を流れる風切り音が聞こえてくる。

「大丈夫ね、パーカー。痛み止めは要る？」

「ちょっと微妙な所ですね。でも、もうしばらくは我慢しないと。身内に、オピオイド中毒で亡くなった奴がいます。フェンタニルは最後の手段です」

「そう。じゃあまずは、私は草刈りに励んで、暖かい寝床を用意します」

「中尉、その前に、ちょっとお願いがあるのですが……」

「何？　小便でもしたい？」

「いえ。もしものことがあったら、家族に言づてをお願いしたくて」

「縁起でもないから止して。手帖くらい持っているでしょう？　それにメモしておきなさい。必ず家族に届けます」

「感謝します」

「ここ。地面も結構冷たいわね？」

「はい。氷の上に寝ている感じですね」

「ではまず、それ用の草を集めましょう。私の分のセーターも着なさい。私は動いているから大丈夫だし」

「そうします……。でも着せてもらえますか？」

「ご免なさい！　気付かなかったわ。ちょっと自分でもわからないくらい、パニックを起こしているかも」

気温は、一〇度あるかどうかだ。この季節のアリューシャン列島としては、特に暑くも寒くもない。天気はずっとこんな感じで、曇りと霧が多く、風は終日吹いている。

ウエスト中尉は、昔ドラマで見た、イギリスのハイランド地方の景色に近いと思っていた。風が強くて高い木が育たない。

そのバンカーは、底に水が溜まった跡があった。ただ、少し高度があるせいで、水は溜まるそばから地下へ浸み出して行くのだろう。少し余裕が出来たら、もう少しましな場所がないか、一人で偵察に出るとしよう。もしパーカーも連れて場所を移動するとなったら、あの担架を一人で引きずる必要があるが。

いずれにせよ、基地がある町に戻るまで、人工物はない。つまり雨宿りは出来ない。木もないから、ここで雨露を凌ぐしかない。

せめて救命筏でも持ち出せれば役に立ったが、テントやエマージェンシー・ブランケットが入った救命箱一つ持ち出せなかった。それが悔やまれる。手提げできるサイズの箱というか、ショルダーにもなる便利グッズだったのに。気が動転していたせいだった。

もし、低体温症か何かでパーカーを死なせる羽目になったら、自分の責任だとウエストは悔やんだ。

ペトロパブロフスクに駐屯するロシア海軍特殊部隊（スペツナズ）第101分遣隊のマクシム・バザロフ伍長とレナート・カラガノフ軍曹は、頭からすっぽりとギリースーツを被って移動していた。

担いだ銃もそのギリースーツの下に隠れているせいで、ぱっと見には人間には見えない。何か、朽ちかけの木のように見える。上陸して以来、何度もカリブーが近寄ってくる。そこに生えている草がお目当てだ。最初は、そのカリブーを驚かすのが面白かったが、さすがに数時間で飽きた。

彼らの装備は、ほとんどが西側製だった。狙撃手のバザロフ伍長が担ぐ対物狙撃ライフルのチェイタックM300からして西側製だ。ソヴィエト崩壊後西側に寝返った旧東欧圏に立ち上げたダミー会社から購入した。

プーチンが始めた戦争のせいで、入手困難になるかと思いきや、世界の武器マーケットが一気に活性化したお陰で、逆に、何でも買えるようになったのは皮肉なことだった。

彼らの装備に、自国製のものはほとんど無かった。

二人は、標高一〇〇〇フィートほどの稜線上手前で、ギリースーツを着たまま腹ばいになり、南西側を監視していた。

ヘリが墜落した辺りはわからない。ここからは見えない。しばらく煙が上っていたので、墜落は間違い無い。乗員が無事かどうかもわからなかった。

仮に、基地側がヘリの墜落を悟ったとしても、救援機はすぐにはやって来ないだろう。シェミア基地にいる僚機を呼んで捜索なりするには時間が掛かる。恐らく最低でも二時間から三時間は掛かるはずだ。

スポッター役のカラガノフ軍曹が、バザロフ伍長から二〇メートルほど離れた場所で、双眼鏡を覗いている。

「見えた！　一人だ……。二〇〇度方位だな」

バザロフは、狙撃銃の望遠スコープをほんの少し動かしてその方向を見遣った。

「クルーじゃないな。ギリースーツを着ている。まだ裸同然だが……」

「銃はあるが、ザックは背負ってないぞ。シールズ隊員だ」とバザロフが断言した。

「ザックを持ち出す余裕は無かったんだろうな。基地側と連絡が付けば、墜落地点を離れる必要は無い。てことは、墜落の状況を基地に伝える余裕は無かったということだな」

「たぶんそうだな。ひょっとしたら、撃たれたことにも気付いていないかも知れない」

「それは無いんじゃないか？　そうならギリースーツを被る必要も無い。たぶん地上から撃たれたことはわかっている。俺たちにこうして覗かれていることも」

「あのヘリには、シールズは何人乗っているんだ？」

　バザロフは、スコープを引っ込めながら問うた。

「二人の時もあれば、四人の時もある。ここは二人シフトじゃないかなぁ」

「無事なら、最低でももう一人が後ろから出てくる。あれは俺たちに撃たせる囮みたいなものだ。もし四人乗っているとしたら、俺たちはいずれ囲まれる。どうする？　あいつを殺るか？」

「狙撃は簡単だが、いったんそれに執着すると、時間を無駄にする。遅かれ早かれ、基地側は墜落の事実に気付く。ドローンも飛び交うだろうし。奴を殺ったら、その背後から来る仲間も殺らなきゃならない。さらにはパイロットも生き延びたかも知れないし。背中を取られるのは嫌だが、ここは無視すべきだと思う」

「指揮官は軍曹だ。従うよ」

　二人は、一〇分後、その後に続くコマンドがいることに気付いた。銃のシルエットを明確に確認できるほどには見えなかったが、アサルト・ライフルの類いでないことはわかった。

　シールズも最近は、長射程の狙撃銃を持ち歩くようになった。彼らと撃ち合う羽目になったら面倒なことになるだろう。だが、この狭く、しかも隠れ場所のない島で、三キロ前後でのリーチを確保するとなると、それはそれでことだ。

地の利がある敵は、当然その辺りのことも考えていることだろう。遅かれ早かれ、墜落は基地側の認識するところとなり、撃墜されたこともわかる。つまり敵方のコマンドが島に上陸していることも露呈する。

動けなくなる前に移動する必要があった。

「ところで軍曹。これは作戦上必要だったのか？」

「今頃、それを言うのか？　だってマクシム。ヘリだって撃墜できると自慢したのは君だぞ？」

「それは言ったたし、証明もしてみせたが、しかし必然性となるとな……」

「あれは午後も飛んでくるし、夜もふいに上がってくる。その度に逃げ隠れしなきゃならん。牽制する意義はあった。どうせ米軍は、こんな小島に増派なんてできないだろう。施設管理部隊しかいなければ、潜水艦に乗せたほんの一個小隊の上陸で片付く。その露払いとして必要なことだったと思うぞ」

「さっさと移動しよう。奴らは、俺たちを基地側に追い立てる作戦だろう」

二人は、稜線上から後ずさりつつ、周囲の雑音に耳を澄ませた。ドローンが飛んでいないかに最大限の注意を払ってから、ゆっくりと身体を起こし、北へ、基地へのルートを取って歩き始めた。

どの道、明日の朝辺りには、基地は味方の手に陥ちている。ロシア軍アダック島基地として再稼働しているはずだった。

アダック島施設管理隊司令官のアクセル・ベイカー海軍中佐は、自らハンビィを運転し、泥道を走り、誘導路を渡って管制塔ビルへと赴いた。ビルというほど立派な建物ではないし、管制塔も、周囲の建物とたいして変わらぬ高さしかなかったが。

だが、滑走路と誘導路だけはまともだった。ここアダックでは、何もかもが古めかしく、前世紀の遺物だが、いざという時に備えて滑走路だけは維持されていた。

その滑走路を、海上自衛隊の哨戒機が離陸していく所だった。

管制塔に登ると、管制官のスーザン・ベントン少尉が涙声で無線に呼びかけていた。

「いったん休め、少尉。消えたっていつのことだ?」

「フライト・プランでは、三〇分前に帰投していることになっています」

「レーダーでは?」

「ほぼフライト・プラン通りに飛び、いつもの場所でレーダーから消えました。モフェット山の北西エリアと、島の南西部は、ブラックアウト・ゾーンです。この管制塔の隣にあるへぼい気象レーダー兼用のレーダーでは、その辺りが限界です」

「島の東側には回っていないのだな。データを見せてくれ」

ベントン少尉は、レーダー情報のデータを再生して見せた。過去の飛行パターンと比較して、そう奇異な印象は受けなかった。

「ここで消えたとすると、一〇分後には、クローン島の手前で姿を見せます。それが毎日です」

「君は、姿を見せないことにその時、気付いたか?」

「自分は、海上自衛隊機とその時、無線交信中でして。しばらく気付きませんでした。ただ、あの機体は、時々地上にも降りるので、今回もそうだろうと」

「メイディの発信は無かった?」

「それもわかりません。あったかも知れませんが、自衛隊機との交信でチャンネルが塞がっていた可能性はあります」

「大丈夫だ、少尉。君の責任ではない。自衛隊機は燃料絡みで降りてきたわけだよな？　では、彼らに捜索を依頼するしかあるまい」

「それが、彼らは真っ直ぐエルメンドルフへ飛ぶ予定で、あそこまでの燃料しか持っていません。あの機体、ほぼ十二時間、空中にいたはずです。乗組員の疲労を考えると、お勧めしません。シェミアから僚機を呼ぶしかないと思いますが？」

「いやあ、シェミアはロシア領土寄りだ。そこの警戒に当たっている機体を呼ぶのは賛成できない。うち、ドローンは無かったんだっけ？」

「先月、一機墜ちたままです。あの、普段なら、夕方近くに、また別の哨戒機が降りてきます、海上自衛隊の。それは今朝明け方に日本から離陸してきた機体なので、彼らに少し早めに来てもらい、ほんの二、三時間探してもらうのがよろしいかと思います」

「例のP－1？」

「わかりません。P－3Cの可能性もありますが」

「よし、それで行こう。もし発見が日没後になったとしても、シェミアの部隊なら、夜でも飛べるだろう」

「もし洋上に不時着していたら……」

「この緯度では、いくらシールズとナイト・ストーカーズでも、意識があるのは三〇分が限界だろう。陸上に不時着した場合、負傷の程度にもよるが、一晩くらいは持つ。落ち着いていこう。何かのエンジン・トラブルで、予防着陸したのかもしれん。無線が通じないことはしょっちゅうだし。今騒ぎ立てても始まらん。それこそ、シールズ隊員が無事なら、夕方暗くなる前に、島を横断してひょっこりと基地に戻ってくるさ。それからヘリを呼んでも間に合うだろう。気を楽にして、通常業務に当たれ。ただし、非番の人間を管制塔に上げて良い。何人か遣すよ。天候はどうだ？」

「遅くなって霧が出るかも知れませんが、捜索に支障があるほど崩れる心配はなさそうです」

「私は、シェミアと、本土のアラスカ軍に一報を上げておく」

中佐は、何食わぬ顔で管制塔を降り、誘導路の外まで車を走らせ、建物の陰でいったん止めた。

嫌な予感がした。予防着陸するにしても、パイロットなら、なるべく基地のレーダーに映り、無線も通じる場所に降りようとするだろう。シールズのコマンドたちは、衛星無線機も別途装備している。彼らが持っている無線機は他にもある。それら全て使えないというのは、よほどのことだ。たぶん墜落以外はあり得ない。


トラブルに備えて、そう滅多に洋上は飛ばない彼らだが、機体がコントロールできずに洋上に不時着水した可能性もある。その場合シールズは脱出さえすれば海岸まで泳ぎ着くかもしれないが、パイロット・クルーはまず無理だ。凍え死ぬことになる。これが冬の任務なら厳冬地用ドライスーツを着て飛ぶが、今は夏だ。たいして厚着はしてなかった。

どんなに気を付けようが、事故は起こる時は起こる。仕方の無いことだった。

再びアクセルを踏み、管理棟へと向かった。

サイレント・コア姜(かん)小隊を率いる姜彩夏(あやか)二佐は、LAXに着陸してきた韓国軍海兵隊部隊を出迎えた後、ターミナルBの下に止めた指揮通信車両〝ベス〟に戻った。西海岸最大規模のこの大空港は、前夜の殺戮が嘘のように、昨夜は何事もなく平穏に持ち堪えた。

その深夜の間も、ひっきりなしに大型機が離着陸し、補給物資を運んでくる。帰りは、それぞれの国へと避難する同胞を乗せて飛び立つのだ。

問題は、ここではほとんどまともな給油が出来ないことだった。北回りの機体は今はバンクーバーに降りて給油して離陸していく。南回り、オーストラリア、ニュージーランド行きの便のみが、ここLAXで給油を受けられていた。

姜二佐は、指揮通信コンソールの背後に立ち、ヘッドセットを装着してシアトルの土門恵理子と衛星回線で話していた。

「そちらの様子はどうかしら？」

「空港周辺は静かになりました。空港自体も、今大掃除の最中で、まもなく航空機の運用が可能になります。滑走路の掃除は終わり、今はエプロンの掃除中です。姜さんは眠れてます？」

「ええ。私は昨夜は、五時間は眠れましたよ。貴方たちが激しい戦闘中も、誰も起こしてくれなくて。それで、この依頼の件ですけど、ちょっと奇異な感じはするわよね？」

「私もちょっと、面食らったのですけれど、アメリカの電圧仕様の業務用大型炊飯器というのが、ま、日本で作られている給食用とかのものと基本は同じなのですけど、電源関係だけ、北米仕様らしいんです。メーカーに問い合わせたというか、先方から、カリフォルニアのその住所の工場に大量に保管されているはずだから、そこから持って来てくれという話になったらしくて。道路網の治安を考えると、姜さんの部隊にオスプレイで乗り付けてもらうのが一番確実で早いだろうと。地図と建物の写真を添付しておきました」

「それで、これは何か優先すべきことなのかしら？」

「そこにいる藤原一等書記官経由で、ダラス総領事にどういう事情なのか聞きました。今、ある事業について、日系企業が集まって合弁事業としての入札が間近なのだそうです。それは、ヨーロッパのEU連合体と、日韓の企業連合との一騎打ちになっていて、日本はどうしても取りたい。そのためには、韓国との関係が重要で、何でも、そこの韓国社会に強い影響力を持つ人物からの依頼らしいんです。米は届いてますよね？」

「はい。米と小麦は大量に届いています。ただ、調理する手段がないから、援助物資としては、アフリカほど喜ばれないみたいですけど。カリフォルニアはもともと米の産地だし」

それは良いけれど、隣のアビリーンの方が良いんじゃ無いの？　あそこなら、もっと大きな国際空港があるから、旅客機でも運び込めるし」

「私もそう思ったのですが、スウィートウォーターという小さな町で、とにかく食料がないのに避難民を受け入れてしまって往生していると。それで、どういう事情かは知りませんけれど、LAXの解放に手を貸してくれた例のボランティア組織。そこはここ数日、ずっとそこのアベンジャー・フィールドという飛行場に、小型機を飛ばしているんだそうです。そこが輸送を引き受けてくれるから、その業務用炊飯器を回収して、LAXの東にあるホーソン市営空港に降ろしてくれと」

「そう言えばホーソン市営空港から、小型機がひっきりなしに離着陸しているわね。補給物資や重体患者を、電気がある州まで運んでいるという話は聞いています。では、話としては、堅いと理解して良いのね？」

「はい、うちの部隊にお願いするような話とはとても思えないのですけれど、藤原さんも、これは外務省が関わっている重要案件の処理に関わる話だから、遺漏なく進めてほしいと」

「わかりました。韓国軍が入ったので、LAXとその周辺の治安維持には問題ありません。そのお釜を回収してホーソン空港で降ろします」

「すみません。ドンパチでなくて、こんななんというか、ただの宅配というか、ウーバーみたいな仕事をお願いして」

「いえ。銃を構える必要が無い仕事の方が楽ですよ。藤原さんのお願いとあっては断れないし」

恵理子との通信が終わると、五分も間を置かずにロスアンゼルス総領事館の藤原兼人一等書記官が〝ベス〟に現れた。

「申し訳ないです、二佐殿。本当にこれ、特殊部隊にお願いするような案件ではないのですが、外務省はちょっとピリピリしてまして、最近、EUにビッグ・プロジェクトで負け続けていて、しかも、ご承知のように日韓関係は微妙なので、ここで失敗は出来ないというのが、北米局の総意でして。本省からは、君がそのスウィートウォーターまで補給物資が届くのを見届けたらどうだと言ってきたくらいで」

「このボランティア・グループですけど、こんな小さな町に、何を運んでいるんですか？」

「もう公になったから言っても良いでしょう。今は、ここLAから重病人を小型機に乗せて運んでいます。これは、テキサス州政府も公認の活動です。ただ、彼ら、こうなる前は、テキサスからあの小さな町経由で、こっそりと中絶希望者を運んでいたんです。それもアベンジャー・フィールドみたいなちゃんとした飛行場からじゃなく、昔使われていた農道空港みたいな所から。彼らはそれを配管工ビジネスと呼んでましたが、実は、テキサス州では秘密の活動でも、カリフォルニア州政府は、その秘密作戦に補助金を出してました。今はもう、地元の支援も大っぴらに得られるはずです」

「そうですの。ところで藤原さん、ちゃんと寝てますか？　土門さんが心配してましたけど？」

「大丈夫です。エアラインのグラウンド・クルーもぼちぼち戻りつつありますから。だいぶ楽になりました」

藤原が指揮車両から降りると、姜は、小隊のIT担当、リベットこと井伊翔一曹が用意した資料をモニターに出させた。

「倉庫を兼ねた工場があるのは、ここから七〇キロ東のオンタリオ国際空港の南側に広がる巨大な工業団地の一角です」

「空港はどうなっているの？　ここも大型機が降りられるわよね」

「衛星で覗く限りは綺麗ですね。ただ、情報では、燃料が尽きて、空港としての運用は停止状態だそうです」

「この空港も使えるようになると、LAの東部の復旧もだいぶ進むわね。誰かに提案してみましょう。ついでがあったら、周囲の偵察もしてみます」

「わざわざ隊長が行くんですか？」

「もし何かあったら、私、恵理子ちゃんから恨まれますもの。作戦は完璧でないと。大事な任務でしょう？　これ。違う？」

「ええ。もちろんです！　外務省から、大事な任務だと言われたら、そうです！　としか言えないですよね？」

「南部の人間て、米とか食べるのかしら？　あの人たち、朝昼晩、肉とポテト以外食べなさそうだけど」

姜は、一個分隊を連れてエプロンに待機しているオスプレイに乗り込んだ。業務用の炊飯器と言っても、大きさはピンと来ない。

念のため、工場に突入するタイミングで、ＣＨを呼んで、荷物はそちらに積むことにした。

駆り出された隊員らは、こんな下らない配達作業のために……、という顔もあれば、ドンパチが無ければ、楽な任務だと顔に描いてある者もいた。

上空から見下ろすＬＡの街並みは、まだあちこちで煙が上がっているが、昨日よりは遥かにましだった。とりわけ空港周辺はほぼ平定状態。市当局が関わる援助物資の配給も軌道に乗りつつある。

オンタリオ国際空港南側の巨大な工業団地は、それなりに荒れていた。炎上した車もあれば、駐車場では射殺体が何体も放置されたままだ。

オスプレイは、目的の工場の二軒隣に着陸し、一個分隊を降ろしていったん離陸していった。地上がどれほど安全かわからなかったからだ。

目指す工場に入り、恵理子から貰った商品名と製品番号の荷物を探した。

中は、たいして荒らされた様子は無かった。シャッターは破壊され、明らかに賊が押し入った形跡があったが、たぶん、彼らが自家用車で持ち出せるような魅力的な商品は無かったのだろう。

姜は、家庭用炊飯器を少し大きくした電気炊飯器を予想していたが、実際の現物は、もっと巨大だった。冷蔵庫サイズはあった。二段三段の、四角い電子レンジのようなサイズの炊飯器が縦に並んでいる。そういう商品だった。

ＣＨを呼んで良かった。カートに乗せてそれらの荷物を運び出し、ＣＨに積み込んだ。似たような構造のパン焼き機もあったので、それも拝借した。

日本政府の借用書を一枚書いて、壁にテープで留めた。ＣＨより先にオスプレイで飛び立ち、周囲を威圧しながらＣＨの離陸を援護した。

　こんな大きな荷物を運べるだけの小型機があれば良いがと思いながら、ホーソンで荷物を降ろした。

第四章　チーム再結成

ロスアンゼルスは、昨日に引き続き、曇った朝を迎えた。二人のＦＢＩ捜査官と、テキサス州ノーラン郡スウィートウォーター署の刑事は、ロスアンゼルス市庁舎の上の階で、前夜、遅くまで支援物資の仕分けに当たった。単なるボランティア・スタッフとして働いた。

そして夜明けと同時に、ダニエル・パク下院議員が先導するボランティア・グループに同行した。実質、ボディガードとしての付き添いだった。

スウィートウォーター署のヘンリー・アライ巡査部長は、バッジを腰のベルトから出した上で、狙撃銃を構えて作業中の周囲に警戒の視線を配った。

ＦＢＩ行動分析課の新米プロファイラー・ルーシー・チャン捜査官は、黒いブレザーにサングラスを掛けて、これも腰のホルスターからピストルを覗かせて警備に当たった。

彼女の事実上の上官となるベテラン・プロファイラーのニック・ジャレット捜査官だけは、ＬＡでずっと乗り回しているニッサンのＮＶパッセンジャーから降りようとはしなかった。

市庁舎から二度、補給に出た後、午後になり、やっと自分たちの昼飯を食べられる余裕が出来た。昼飯と言っても、リトル・トーキョーの、アライ刑事の伯母から差し入れられたお握りだったが。

ドラム缶で燃やすあれやこれやで、昔ながらのお釜を炊いているとのことで、お握りにはあちこち焦げた米が混じっていた。

ニックが、そのお握りの真ん中に練り込まれた茶色の物体に気付いて、「これは何だ？」と聞いた。

「味噌です。英語でも味噌」とアライは説明した。

「ミソ・スープのミソなのか？　それがスープじゃなく、ご飯に入っている？」

「はい。そういうことになります」

「ルーシーもこういうのを食べていたのか？　いや別に不味くはない。むしろ斬新な味だな」

「私も日系人の血は流れていますから、知ってはいます。ただ、家庭で食べる習慣はなかったですね。でも、保存食として昔から好まれたと聞いています。冷蔵庫も無しに何ヶ月も保存出来るスープの素らしいですから」


三人は、もとはスウィートウォーターで知り合った。レストラン店主の家が竜巻で吹き飛んだ後に、キッチンの壁に塗り込まれていた死体を巡って派遣されたのが、ＦＢＩ捜査官二人だった。アライの父の代に始まったシリアル・キラー、リフォーム・ハウス・キラーの犯行だとわかったからだ。

その犯行は、親子二代にわたる連続殺人事件で、彼らはまず息子の正体を暴いて、混乱するロスアンゼルスへと飛んできた。そこから数多の銃撃戦を繰り広げてようやくＬＡのダウンタウンに辿り着いたのが昨日のことだった。

全米に及んだ犯行は、偶然にも、父親がスウィートウォーターで埋葬されたことがわかり、それは今朝朝一で掘り返された。

ロスアンゼルス市庁舎の西側には、通称グランドパークとして親しまれるグローリア・モリーナ・

グランド・パークが広がる。

　今はテント村が出来ているが、仮設トイレが設置されたことで、市当局は否が応でもこの辺りの治安を維持するしかなくなった。

　だが昨日辺りから、状況はかなり改善されていた。

　三人は、市庁舎ホールを入った先に設けられた休憩スペースで、並べられたパイプ椅子に座って食事していた。伯母のところまでいけばいつでも食事は出来るが、たぶんそれが今日食べられる最初で最後のまともな食事だろうと思われた。

　ジーンズにパーカーのラフな格好の中年男性が現れ、ジャレット捜査官を探し出して、「やれやれ……」とため息を漏らした。

「ニック！　ジャレット捜査官、本部の伝説のプロファイラーが、こんな崩壊した街で何をやっているんだ？」

「DCに帰りそびれたものでな。確か……」

「ロン・ノックスだ。サルベージ班のな。あんたにバトラーのプロファイリングを依頼したのは私だ」

「ああ、そうだった」

「LAにいるならどうして支局に顔を出さないんだ？」

「支局はやたらに遠い。それに、君だって普段、支局になんか寄りつかないだろう？　われわれはそういう特別な仕事だ」

「あんたがLAにいると聞いて探し回ったぞ。ちょっと内密の話がある。力を貸してくれ」

　ジャレットは「わかった」と腰を上げた。

「このオニギリってのは日持ちはするんだよな？」とアライに聞いた。

「そうですね。半日かそこいらは大丈夫だと思います。取っておきますか？」

「そうしてくれ！　何か紙に包んどいてくれ」

　ノックス捜査官は、ジャレットを外に誘って公園に入った。

「ああいう室内は拙いぞ。いくら天井が高くても感染症が流行りだしている」

「サルベージ班てのは、確か潜入捜査チームだよね？」

「そう。潜入捜査だけじゃないが、それに近いことをやっている。自分は、ハンドラーですよ。民間の協力者をスカウトして、危ない団体に送り込む。あんたが、あの時、もっと強い警告を発しておいてくれれば、こんなことにはなってなかった！」

　カラフルなテントが立つ公園を歩きながら、ノックスは険しい調子で言った。

「何度も言うが、プロファイルに求められるのは客観性だ。そういう要請に応じられるものではない。それに、これも何度も言うが、バトラーてのは本当に凡庸な俗物だぞ？」

「その凡庸な俗物を神様か何かのように崇めて大統領にした結果がこれだぞ」

「国民がそれを望んだのだから仕方無いな。所詮は、衆愚政治というものだろう。民主主義にも欠陥はある。独裁よりましとはいえ」

「ニック・ジャレットがここにいるなら、助けてもらうしかない。ところで、あんたは何しにこんな所に来たんだ？　電気もトイレもない街に」

「公式には、ＬＡＸから飛行機に乗るところを足止めを喰らわされた。それ以上は言えない」

「まあ良い。けど、われわれは助け合えると思うぞ。あんたは本部で顔が利くし、俺は、ここの支局のみならず、市警とも話ができる」

　ノックスは、人目を気にしながら、スマホの画面を見せた。バトラーを中心にした、何かの記念写真だった。

「撮られたのは昨日。場所はシアトル空港横のホテルのロビーだ。ネットも通じない中で、どうやってこの写真を手に入れたかは聞かないでくれ。それはこちらの商売上の秘密だ。問題は、この画面の端に写っている女だ」

「護衛だな。箔付けのための護衛として、わざと大柄な女性をそばに置いている。あんたがハンドラーなのか？」

「そうだ。〝スキニー・スポッター〟という名前で動画配信している。怪しげな陰謀論団体を渡り歩いてな。ジュリエット・モーガンという名だが、学歴は結構立派だ。同時期にバトラーとＵＣＬＡにいたから。教える側と学ぶ側だが。学費は軍隊で稼いだ。だから修羅場にも慣れている。彼女は、ヤキマで俺に連絡を取ろうとしたらしいが、成功しなかった。だが、敵の懐（ふところ）には入り込めたらしい。バトラーの捕縛も必要だが、彼女も救出しなきゃならん」

「方法はあるのか？」

「いや。さっぱり。何しろ本人と連絡する術もない。もしどこかに戦術チームとか生き残っているようなら待機させてほしい」

「ワシントン州はカナダ軍の担当だと聞いたぞ？」

「噂では全滅したらしい。昨夜、自衛隊が、バトラーがこのホテルから逃げ出す所を目撃したが、追跡は出来なかった。それよりカナダ軍が潰滅しそうだったとかで」

「自衛隊に依頼すれば良いだろう？」

「よくて逮捕任務だぞ。最悪の場合は生死を問わずだ。日本政府は良い顔しないだろう。あんたが何しにここに来たかは突っ込まないが、この件で動いてくれれば、借りは返すよ。ＬＡ支局も、機

「電話が欲しいな。衛星電話みたいなのが」

「繋がらないぞ。全然繋がらない……。ここでは、あれを持っている連中が多すぎるんだ。警察無線でも借りれば良い。パク議員経由なら一発だろう」

「ただの警護対象だ。私は共和党員だから、好きにはなれないが」

「トランプの後じゃ、どんな人間だって大統領候補になれる」

「ああそうだ。一件、助けが欲しい案件がある。とあるジャーナリストの不審死案件だ。実際は殺人だったらしいが、遺族の要望もあって、事故死扱いにされた。その犯人は、どうやらバトラーのグループのメンバーらしい。アマ無線では、〝ジェロニモ〟を名乗っている。被害者はエマ・ソーントンという若いジャーナリストだ」

「ああ、知っている。ヘイト・クライムだろう？能しているとはとうてい言い難いが」

「LA支局はここからだいぶ離れているが、行くことに意味はないのか？」

「あんたが何を求めているかにも拠るが、尾行チームでも欲しているなら無駄だな。戦術チームは行方不明だし。支局長はぶっ倒れて入院した。逃げ出したという噂もあるが。あそこにいる連中は、立て籠もって暴徒から建物を守ること以上のことは出来ないし、それもかなり際どい所だった」

「LAの騒乱はあらかた片付くだろう。補給物資も順調に入り始めている」

「LAXの復旧は大きかった。だが、電気が復旧しなきゃどうにもならんだろう。われわれはまだ冬の入りに湖に張った薄氷の上に立っている」

コミュニティFMの放送車が走ってきて通り過ぎた。パク議員が、午後は放送車を同行させると言っていた。

あれは事件直後に、ＬＡＰＤにもＦＢＩ支局にも抗議が殺到した。なぜ捜査しないんだと。だが、地元署が事故だと断定したものをＦＢＩがしゃしゃり出て捜査するには、それなりの証拠がいるし、ソーントン家は、それなりの富裕層で、カリフォルニアの政界にも顔が利き、その遺族が悲しい事故だと公表したものを事件扱いは出来なかったと聞いている。今頃、蒸し返す理由は何だね？」

「それが正義だからだ」

ノックスは、屈託無く笑った。

「ああ、あんたはそういう男だ。昔懐かしいＦＢＩ気質の。調べてみるよ。何というか、街は混乱し、移動もままならず、おまけに携帯も使えない。小便をする場所すら探し回らなきゃならない。けど、こういう西部開拓時代でも、頭は使える。家の中で、昔の捜査資料やメモをひっくり返して頭の中で事件を再構築することは出来る。最近はそのメモもパソコンの中だから、記憶を辿るしか無いが……。こんな状況でも捜査はできる。あんたは、出来ることをやってくれ。俺もそうする」

ジャレットは立ち止まり、握手を求めた。

「ノックス捜査官。時が来たら、君を頼ることにしよう。ところで、どうやって連絡を取れば良い？」

「そこいらの警察署に連絡してくれ。支局のサルベージ・チームと連絡を取りたいと言えば、回り回って数時間で連絡が付くだろう。詮索はしない。そちらの成功も祈っているよ」

二人は、ミネラル・ウォーターのボトルを配っている行列のそばで分かれた。彼がどうやってここまで辿り着いたのか、この一週間、どこで生活していたのか聞いておくべきだったろうか？　とジャレットは思った。

仕事柄、他人と打ち解けるのは不得手だ。とりわけ同僚とは。さて、彼のことは信頼して良いのか。まだ結論を下すには早すぎるのか。潜入捜査班のハンドラーは、人を操るのが得意だ。何しろ身分や本心を偽って、危険な組織への潜入捜査を唆すのだ。それが世の中のため、国家のためだと偽って。

彼が敵なら、自分たちがここにいる目的を探ろうとすることだろう。しばらくは注意しつつ付き合うしかない。

市庁舎に戻ると、パク議員が姿を見せていた。

「ニック！　スキッド・ロウへと出撃する！　手を貸してくれ」

「放っておけば良い。あんなジャンキーな街は」

ジャレットは眉をひそめた。

「市庁舎のすぐ隣の街だ。段ボール箱を抱えて徒歩で往復も出来るのに、放置は出来ない。彼らの安心と信頼を勝ち取ることができれば、ダウンタウンの治安回復は一層進むことになる。あと、ルーシーから聞いたが、君たちに正式に私の警護命令が出たそうだね」

ジャレットは、余計な真似をという視線でチャン捜査官を睨んでから口を開いた。

「ご承知のように、要人警護は、本来シークレット・サービスの仕事だが、議会議員に関しては、FBIや市警も携わります。私はさっさとDCに戻りたいんですけどね。何しろ飛行機は飛んでいないし、DCに戻ってもFBI本部は焼け落ちていそうだから、しばらくここに留まります。議員はもう少し、ましな防弾チョッキを着た方が良いですね」

「いやぁ、議員にもそれなりの覚悟は求められる。プレートキャリア一枚で十分だ。人間、死ぬ時は死ぬだろう？」

「議員、あいつら、喰うものもないのに、今もクスリだけはあるんです。そんな連中を助ける価値があると思いますか？」

「わかっている。たぶん、水を一本差し出したら、クスリは無いのか？　と聞かれるだろうね。覚悟はしているよ」

「警告はしましたからね。ジャンキー相手にそんな甘い態度を取るから、世論の中央値が政党政治から解離して、トランプみたいな過激思想に走ったんですよ」

「そういう話を大いにしたい所だが、仕事しながらにしよう」

パク議員が降りていくと、「残念だわ、良い人そうなのに……」とチャン捜査官が嘆いた。

「あれはまさに、カメレオンだな」

とジャレットはつくづく呆れ顔で言った。

議員を見送った先から、制服警官が一人現れた。背中にはザック。肩からM・4カービンを下げていた。

「カミーラ！　ここよ！――」

とチャン捜査官が手を振った。部屋の隅に固まっていた三人に気付くと、カミーラ・オリバレス巡査長は、渋い顔をして近寄って来た。

「何なのよ！　これは」

「こんなに早く再会できるなんて！」

とチャンが抱きついた。

「昨日は休めたかね？」

とジャレットが珍しく優しい声を掛けた。

「ええ。昨日はね。シャワーはどこにもなかったけど。あたし、まだガン・パウダーを浴びたままなのよ？　で今朝は、朝から娘の学校の治安担当保護者として、ずっと正門に立ってました。この格好で。したらパトカーが現れて、私はまた勤務先の警察署に出勤しろという話かと思ったら、ええ、直ぐわかったわよ。あんたたちが手を回したんだろうと。どういうことなの？」

「パク議員の身辺警護に就くことになった。ついては、制服警官が必要だ。度胸があり、この数日でアサルトの腕も上げた制服警官がね」

「ふーん、どうして他に当たらなかったの？　たぶんこの市庁舎の周りだけで、制服警官が二〇〇名かそこいらはいると思うけれど」

「ある程度、事情を話せる人間に頼みたかった」

　オリバレス巡査長は、辺りの気配を窺ってから、小声で「条件があるわ」とジャレットに告げた。

「どういう事件なのか、正直に教えなさい。私だけ仲間はずれにして、でも命の危険は同等なんて変でしょう？」

「良いだろう。ＲＨＫ事件て聞いたことがあるか？　リフォーム・ハウス・キラーの略だ。ＦＢＩは未解決事件にニックネームは付けない主義なのだが。先入観を与えるのでね。だが、全国的にはそう呼ばれている」

「へぇ……。確かそれ、私がポリス・アカデミーを出て、最初に外勤パトロールに就いた頃の事件よね。私服の刑事達が、ＲＨＫだ！　と色めきたっていた。でもそれ、もう二〇年も前の事件よ？」

「君が遭遇した事件は、グレンデールの事件だな」

「そう。でもその頃、彼はまだ学生だったんじゃないの？」

　とオリバレスは更に小声で言った。

「二人に説明してもらってくれ。私はちょっと上に行って、衛星電話を使わせてもらってくるから」

　チャンとアライは、壁を背に出来るよう座り直して説明を始めた。

「父が、ダラスで刑事をやっていたことは話しましたよね。最後は、アビリーンで警察人生を終えましたが。この事件が連続殺人だと気付いたのが、私の父でした。それで、まだ駆け出しのプロファイラーだったニックがFBIからやって来て、そこから連続殺人事件としての捜査が始まった」

「良く覚えていないけれど、RHKは、流しの犯行なんでしょう？　ロードサイド・キラーのようなな」

「もう少し定住性があると思われました。少なくとも、ニックらはそう見ていた。捜査資料があまりに分厚くて、ここには持って来てないんです。ヘンリーのご自宅に置かせてもらってます」

とチャンが説明した。

「どういうことよ？　あの事件、四〇年くらい続いているんじゃなかった？　でも最近はあまり聞かないような」

「最近聞いてないのは、たまたま事件の発覚が無いからです。一度家が建ったりリフォームされてしまえば、長いこと取り壊されることもないから。これは、親子二代による同じ手口の連続殺人事件です。それを、結果的に、自分も親子二代で追い掛けることになった。八日前、僕が勤務するスウィートウォーターで巨大竜巻被害があって、それで破壊された家のキッチンから、ジュニアの犯行による遺体が出て来た。で、その翌日、アビリーンの体育館の建て替え現場から、ごく初期のまだ犯行パターンが定まらない時期の、父親の犯行による遺体も出て来た。そちらからは抵抗時の犯人のDNAが検出され、今朝方、偶然にもスウィートウォーターに埋葬された父親の遺体を掘り出しました。照合はこれからですが」

「でも彼、養子でしょう。DNA上の親子関係はない。ジュニアのDNAは現場から発見されているの？」

「現状ではわからない。犯行現場からは実に雑多なDNA情報が回収されますから。それは、パク氏のDNAを入手してからの話になります」

「どうするのよ？　彼、四年後、間違い無く大統領になるわよ？」

「ええ。昨日、たまたまリトル・トーキョーの近くで、賊に銃撃されていた彼を助けました。彼は、われわれの後に続いていた補給物資も抱えて、英雄気取りでここに戻ってきた。それは動画に撮られ、世界中で流れている。もし彼が大統領候補としてすんなり決まるようなら、それは彼を助けた自分らの責任になる」

「なんとまあ……」

　オリバレスは深いため息を漏らした。

「いったいどんな大事件の捜査なら、こんな大混乱している最中に好き好んでLAに入ってくるのだろうと思っていたけれど。この秘密を知っているのは何人いるの？」

「ここカリフォルニア州では、われわれ四人だけです」

「そのシリアル・キラーを私に命懸けで守れというのね？」

「はい、笑顔を湛えて。あと、ニックは、ちょっと憎まれ役を演じています。彼に怪しまれないように」

「わかったわ。私、昨日、娘と寝ながら、このまま辞表を書こうと思っていたのよ。昼はスーパーの警備、夜は倉庫街の警備とかを掛け持ちすれば、母娘二人暮らせるくらいの稼ぎにはなるんじゃないかと思って。ここ、市長室に秘密の豪華シャワーとかないの？　ルーシー、貴方ちょっとさっぱりしてない？」

「あ、そうだ！　シャワーなら、ヘンリーの伯母さんがいる施設に水のシャワーがあります。あとで寄りましょう。これからスキッド・ロウで配給活動だそうですから」

「スキッド・ロウ？　どうかしてるわよ、あんな所で……。あそこで配給活動するなら警備にSWATが必要よ？　でも良いわ。チーム再結成ね。一応、着替えだけは持って来たし」

二人は、出発するまでの短い時間に、更に細かいディテールを語って聞かせた。

ベラ・ウエスト中尉は、バンカーの底近くの斜面で、しばらく休憩を取った。二時間近くを草むしりに費やして、ヘルナンデス特技兵の寝床作りに集中したが、地面からの冷気に耐えきれないとかで、結局、担架代わりに使ったローター・ブレードをベッド代わりにすることになった。もちろん固いが、地面の冷気よりはましだ。

セーターを二枚着せた上、そのセーターとセーターの間に、詰め込めるだけの青草を詰め込んだ。上半身はこれでだいぶ暖かくなったようだが、体温を測る術がなかった。

だがふと、自分が持っている部屋のキーホルダーは、LEDライトと同時にアウトドア用の小さな温度計が付いていることに気付いた。それには、盤面が一インチもない方位磁石も付いていたが、ここでは必要は無かった。

中尉は、その温度計部分の小さなプレートをキーホルダーから外し、特技兵の脇の下に入れてそのままにしておくよう命じた。

体温上昇や、逆に低体温がわかったからと言って、何が出来るわけでもないが。

草の臭いが体中に染みこんだ。この中に、何か薬効成分がある草もあるはずだが、そういうことを研究して、赴任時に教え込む講座を始めるべきだなと思った。

赤道近くと違い、太陽が真上に来ることはない。木が無いので、枝振りから東西南北を推定することは出来なかったが、島の北端のモフェット山はほぼどこからでも見えるし、迷ってどちらに歩こうが、最終的には海岸に出る。

ヘルナンデスの痛みはさらに増したようで、ベラは最初のフェンタニル・キャンディを与えた。効き目は絶大だった。まるで死人が蘇ったみたいだった。国民みんなが中毒になるはずだ。

ベラは、バンカーの底をしばらく観察していた。ひっきりなしに水たまりが出来るせいか、そこだけ草が生えていない。黒い地面が見えている。だが、面積はそんなに大きくはなかった。

「ねえ、パーカー。上空から見える救難文字を書くときの心得を知っている？」

「そんなのありましたっけ？」

「一辺が、最低でも自分の背丈分の長さで書くこと。でも、さっきから考えていたのだけど、この地肌が露出した部分、縦は私の身長分を僅かに超えるけれど、横はたぶん、三〇フィートもないわよね。すると、そこに書ける文字数には限りがある。〝ENEMY〟（敵）は、アルファベット五文字。これだと、それ以上の文字を書けない。地上から撃たれたことを明確に、上空のドローンや救難機に伝えるにはどうすれば良いかしら？」

「まず、ENEMYの代わりに、〝FOE〟にしましょう。フィールド・オン・エネミー。これで伝わる」

「FOEって、軍隊用語なの？」

「元はそのはずだけど、今は、ゲーム用語として使われますよね。FPSゲームというか、対戦ゲームとかの。それで右側に、五〇口径弾を意味する〝50BMG〟と書きましょう。それで七文字とかじゃないですか。別にBMGは小さくて構わない。最後のGが途切れても。それで、50口径ライフルを持った敵に撃たれたことは伝わるでしょう」

ベラは最初、ボールペンでそれを書こうとしたが、まるで鉛筆画みたいだとヘルナンデスに笑われた。枝切れなど落ちているような場所ではなかったが、幸い、拳サイズの石ころがその泥の中から顔を出していた。それを掘り出して文字を書いた。最初の〝FOE〟を少し大きく。その後に、〝50BMG〟と書いた。二〇分ほど、その作業に費やしてまたヘルナンデスの隣に腰を下ろした。

「中尉、中尉殿はどうやってナイト・ストーカーズに入ったんですか？　そんなに若くして、普通、うちの部隊に来られないでしょう。噂がありますよね。あいつはコネを使って潜り込んだと囁かれている」

「ええ。知っているわよ。毎年、航空学校の最優秀学生は、希望する場所へ行ける。私は座学でも実技でもずっとトップだった。だから躊躇わずにナイト・ストーカーズへの配属願いを出した。でも男社会でそんなことを自慢してもろくなことにはならないから、噂が広まるに任せている。特に否定もしない。あそこはほら、基本的にそれなりの経験を積んだベテランが行く所だけど、でもあいう所も時々新人を入れないと、やりがいがないというか、そういう問題が起こるらしいから。それで、半年間のローテーション任務で、ここに派遣された」

「俺、みんなにばらしちゃいますからね」

「こういう時の模範解答は何かしら。許可しますとか言ったら、いかにも貴方はもう生きて還らないみたいな認識だと誤解を与えるから、やっぱり、駄目です！　というべきよね。貴方はどうなの？」

「自分は、成り行きですかね。それなりにでかい基地に配属されて、週末、基地の外でどんちゃん騒ぎできれば良いやと思っていた。去年、部隊でつるんでいた奴が結婚したんです。週末は毎晩そいつと外で遊び呆けていた。そしたら、所帯を持った途端に、付き合いが悪くなって、俺はこれから平凡な家庭人になるとか言うんですよ。俺はなんだか突然梯子を外された気分になって、そんな時に、訳アリの部隊で整備兵を募っている。要求される技能は高いが、誰か手を上げる奴はいないか？　と言われて、ちょっとやけっぱちでしたよね……。でも、MH‐60Mは好きですよ。あいつ、野獣（ビースト）ですよ。それが、五〇口径弾一発で撃墜されるなんて信じられないけれど」

「飛行機は、当たり所が悪ければそんなものよね」

パラパラと雨が降ってきた。首を回して空を見上げると、雲が勢いよく流れている。だが、本降りになりそうな感じはなかった。

バンカーの底に水たまりが出来るまでは降らないだろうとベラは思った。

「日が暮れる前に、一度、墜落地点に戻って、何か回収出来るものがないか探してみるわ。たとえ焼け焦げていても、天板一枚あれば、風避けになる。この文字、影とか付けた方が良いかしら？　土で少し盛り土を作れば、際立つわよね？」

「これを元にして、もっと深く、幅も広くすると良いと思いますよ。そうすれば、雨水が溜まり始めても少しは持つでしょう」

ベラは、再び作業を開始した。FとOの文字を広げ、〝E〟の文字を更に深く掘り始めた頃、ヘルナンデスが何か声を上げた。

振り返ると、腕を上げて、バンカーの反対側の土手を指差している。ベラは、そっちを見て一瞬、固まった。思考が真っ白になって、口をぽかんと開けた。

動物がそこにいた。カリブーでは無かった。カリブーも怖い。あの巨大な角に押し突かれたら、人間などひとたまりもないだろう。闘牛場の雄牛と同じみたいなものだ。

アダック島に着任して真っ先に教育されたのは、野生のカリブーには決して近付くな、刺激するなだった。夏のカリブーには食料が豊富だが、子育てシーズンでもある。母親は神経質になっている。あの蹄で蹴られても致命傷になる。

だが、そこにいたのはカリブーでは無かった。もっと小型の、カリブーより警戒すべき動物のようだった。

ベラは、静かに腰のホルスターに右手を伸ばし、泥だらけの手で、P320自動拳銃を抜いた。ここで発砲して良いものだろうか。銃声は、近くにいる敵にも聞こえるかも知れない。

大声を出す程度で引き下がってくれれば良いが……。

「中尉！　左九〇度！――」

ベラは、ほとんど首を動かすこと無く、視線の左側を見遣った。もう一頭が現れた。正面に一頭が現れて、時間差でもう一頭が側面に現れる。これは狩りだ！　集団での狩りの態勢だと思った。

迷っている暇は無かった。アメリカ陸軍採用、正式名称M18コンパクトのセフティを解除し、左手でスライドを後ろに引くと、ベラは迷わず引き金を引いた。正面の狼に向かって二発。距離は、たぶん二〇ヤードも離れていなかった。だが高度差もあったせいで、弾がどこに飛んでいったかすらわからなかった。土手の上のどこか空中だろう。

だが、相手はそれで怯んだらしく、一瞬、ビクっと驚いて後ずさった。左手側に銃口を向けた時には、もう一頭の姿も消えていた。

　ベラは、土手を駆け上り、その狼の姿を探した。二頭が山側へと去っていく。時々、こちらを振り返るのが見えた。未練がありそうな感じだった。

　ベラは、しばらく土手の上に首だけ出して警戒した。視界内にカリブーはいない。エリア的には、島の中でもこの辺りが一番カリブーが多いはずだった。だが、墜落後その姿を一頭も見ていなかった。

　なるほど、そういうことだったのか……、と理解した。ここは彼ら狼の縄張りなのだ。だからカリブーは姿を消した。

「中尉、あれ、トイ・プードルには見えなかったですよね？」

「ええ。チワワでも無かったと思うわ。でもほら、警察犬とかで使われる、シェパードとか、ラブラドール・レトリバーとかの可能性はあるかも知れないわね。あるいは野生化した狩猟犬だとか」

「そういうことにしておきますか？」

「だって私たち、狼と犬の区別なんて付かないでしょう？　ここで夜を過ごすとしたら、絶対火が必要よ！」

「群れは二頭だけだと思いますか？」

「そういう動物学の知識は無いけれど、この島は、いきなり狼の群れを放り込むには微妙な大きさではないかしら。まず手始めのテストケースとして、つがいの二頭を送り込み、子供が増えた時点で、次の二頭を送り込む。そんな感じじゃないかしら。でも信じられないわ。こんな所に狼を放つなんて！　なんて無責任なことをするのかしら。民間人も暮らしているのに」

「最近の環境保護団体って、過激なだけじゃなく金持ちですからね。専用機まで持っていたりする。俺が彼らなら、環境調査を名目に上陸許可を取ってここに着陸して、暗くなってからこっそり貨物室のケージごと山の中まで運んで放ちます。ほら、本土での狼の再生計画は、農業団体に評判が悪いし」

「もうヘリの煙は収まったわよね？　今はまだ熱いでしょうけど、早めに行って、何か可燃物が残っていないか探します」

「可燃物なら、別の場所を探した方が良いですね。海岸を目指して、ビーチの漂着物を探した方が。ペットボトルや漂流木、なんでも手に入る」

「そうね。ここからビーチまで二マイル足らずかしら。ビーチというほどの砂浜はないけれど、ちょっと考えましょう。貴方、タバコは吸わないわよね？　ならライターは持ってないわよね？」

「着火剤の類いですか？」

パーカーは、草っ葉の下でがさごそポケットをまさぐった。一〇インチに満たない、黒光りする棒が出て来た。

「ファイア・スターターです。軍隊に入った時、親父からプレゼントされました。お守り代わりに肌身離さず持っていろと」

「ああ！　お父様に感謝ね。じゃあ、午後の私の日課としては、まず機体に戻って棍棒か何かの武器になるものを探し、使える道具も回収し――」

「それは後回しの方が良くないですか？　たぶん燃え落ちた後の機体なんて、熱が籠もって数時間は近寄れないですよ。最初に海岸に出て、武器になりそうな流木を探した方が良い。ついでに可燃物も回収して」

「そうね。その間、銃は貴方に預けます。銃口を額に当てて引き金を引くなんて馬鹿なことはしないと約束してよ？」

「なんだか、こんな格好で寝ていると、もう墓場に埋められたような気もしますけどね。生き延びて、親父に礼を言いますよ。お守りが役に立ったと。でも中尉、ひとつ忘れているかも知れませんが、レッドフレア。火を出すから、あれ一本無駄にすることを覚悟すれば、それでも火は点けられます」

「覚えておくわ。サバイバル課程はちゃんと終えているはずなのに、なんだかいざやるとなると、頭の中は真っ白よね。野っ原で狼と対峙する時の心構えなんて誰も教えてくれなかったわ」

やるべき作業は山ほどあった。少なくとも、翌朝までヘリは飛んでこない前提でサバイバルする必要がある。シェミアから仲間のヘリが飛んでこられる距離だが、あちらはあちらでいろいろ事情を抱えているだろう。

捜索で時間を浪費することも出来ないはずだ。そもそも、ヘルナンデス特技兵の容体は、仮にここで助かったとしても、それなりの外科的処置が必要なはずだ。そんな外科医は、アダックはもとより、シェミアにもいない。

ウエスト中尉は、その点に関して、楽観的な見通しは何一つ持てなかった。

アメリカ海軍特殊部隊ネイビー・シールズ・チーム7に所属する二人のコマンド、イーライ・ハント中尉とマシュー・ライス軍曹は、今も距離を取って歩いていた。

ハント中尉は、鳥の鳴き声を聴いた。アメリカならどこにでもいるツグミの鳴き声だ。実際は、ライス軍曹のホイッスルだった。吹き方で、いくつかの合図のパターンがあった。

中間の長さを三回。接近したいという意志表示だった。イーライは、バンカーの窪みに入り、土手から単眼鏡で三六〇度を警戒した。彼らのギリースーツの完成度は、まだ四割程度だった。

一〇分ほどして、ライス軍曹が現れた。

「銃声が聞こえた気がする」とライスが報告した。

「ああ、俺も聴いた。二発。アサルトじゃなく、シグの音だと思う。アサルトらしき発砲音は無かった。だから、敵と撃ち合ってのことじゃないな。何かの警告だろう。カリブーと突然遭遇して角で突かれそうになったとか、そういうことかも知れない」

「ずっと、見られている感じがする……」

「同感だ。俺たちは見られている。このままピッチを上げたら、間違い無く敵に迎え撃たれることになる」

「ここ、真っ直ぐ歩けないよね」

「うん。今丁度、前方左手にスピリット・トップを見ている。もう墜落地点から四マイルは移動した」

「それは自慢できないな。シールズなら、八マイルは移動出来てなきゃおかしいぞ。ザックも背負ってない。銃だけなのに」

「まあそうだが、このままま っすぐ基地を目指すと、湖にぶち当たり、その西側はかなり急斜面の稜線になる。東側は歩けるが、三六〇度四方から丸見えの丘超えルートになる。尾根の西側を登るか、丸見えルートを移動するか……」

「俺たちは、地図を持っていない。普段上空から見慣れた景色だが……」

ライス軍曹は、メモ帳に描いた簡単な地図を見せた。

「東への大回りを提案したい」

ハント中尉は、「ふうー」とため息を漏らした。

「俺も一度は考えたが、直線ルートの三倍の距離になる」

「そうだ。北上を諦めて、いったん東へと向かい、右手奥の湖から流れ出る小川沿いに走ることにな

る。最後の本降りからそれなりに日数が経ってい
て、水かさはほとんどない。せいぜい深い所でも
膝上だろう。両岸は抉られているから、水面は地
表より一〇フィートは低く、地表からはカムフラ
ージュされている。敵が近くにいてもまず見えな
いだろう。かなりの遠回りになるが、安全に敵の
前へと抜けられる」
「俺の作戦も聞いてくれるか？　敵は、俺たちの
前にいてプレッシャーを掛けてくる。そこで、俺
だけほんの一マイル下がる。後退する。そして、
西へ向かってひたすら走る。標高六〇〇フィート
部分の稜線越えで対岸へ向かう。自惚れた敵は、
マシューから丸見えだということも承知した上で、
二マイル射撃に挑戦してくるだろう。そこをお前
さんが狙撃する。もしそうならなくても、俺は西
への脱出に成功して、そのまま海岸沿いに基地へ
と北上できる」
「もし敵が二チーム潜入していたら、基地に辿り
着く手前で狙撃されることになる」
「それは東ルートでも同じだよな？」
「だがこちらなら、二人で対処できるぞ」
「中尉殿立案の作戦より、軍曹が立案した作戦の
方がましに見えるのはどういうことだろうな
……」
「俺の方が考える余裕があった。囮の後を付いて
走るだけで済んだが、あんたはあれやこれや考え、
警戒し、ルート・ファインディングしながら走る
必要があった。余裕の違いだな」
「小川を遡上するのか？……。今夜にはもう間違
い無く塹壕足だな」
「それはまあ仕方無い。パーカーの無事を祈ろ
う」
「さっき、自衛隊の哨戒機が着陸してきただろう。
てっきりあれが戻ってきて捜索活動を始めるのか

と思ったが、そうじゃなかった。ひょっとして、基地側はまだ墜落の事実に気付いていないのかもしれないぞ」

「俺もずっとそれを考えていた。どこかの陸地に予防着陸したと考える可能性もあるだろうし。いずれにしても、自力解決するしかない。うまくすれば、敵の頭を抑えられる。自分たちがふいに消えたことで、敵の行き足は遅くなるはずだし。ここからハーフマイル戻って東へのルートを取ろう」

二人は、また時間差を保って、今度は後退し始めた。もと来たルートを辿って。恐らくは山側から見られていることは間違い無い。アダック島の中心部を走る山脈の稜線上から、海岸線まで出ても一マイル少しの距離しかない。この辺りは半島構造で、細いと言えば細い。五〇口径の対物狙撃ライフルなら、頂上付近から、東西の海岸線を移動するターゲットも狙えた。

最大標高は一五〇〇フィート。敵がそこまで登ったとは思えない。なぜなら、下からも丸見えになるからだ。だが、敵はその山肌のどこかから、こちらを見下ろしている可能性があった。

ワシントン州ヤキマの北米邦人救難指揮所では、指揮所要員を束ねる統幕運用部付きの三村香苗一佐が、リンク16のモニター上で、ベーリング海を西へ飛ぶP・1哨戒機のマークに注目していた。

それは、ペトロパブロフスクから発進するベア哨戒機に対応して待機していたもので、ベアが発進準備しているという報せに飛び立ったものだった。

できれば、ベーリング海のこちら側に進出してくる前に迎撃したかった。

「それで、どういうことなの？」と、海自から派遣されているP‐1乗りの統幕運用の倉田良樹二佐に聞いた。

「アダック島で、警戒に当たっていた米陸軍のブラックホーク・ヘリが一機、帰ってこないという報告が届いて、アダックで燃料補給予定だったうちのP‐3Cが、ちょっと早めに向かって捜索するということになりました。ところが、これが、油圧系統のトラブルで、結局アダックには向かわず、八戸に戻ることになりました。それで、それを米海軍に報告したまま、特に催促等は受けなかったのですが、エルメンドルフから離陸したP‐1は、どうせアダック島方向へと向かうことであるし、ほんの一時間でも、現場上空の捜索に当たらせようということです」

「ベアはもう離陸したのよね？」

「はい。たぶん。ただ、時間はあるというか、間に合います」

「なら結構です。アダックには医療援助とか必要なのかしら？」

「島にも医者はいるようなことは聞いていますが……。一応、医療援助の確認はしておきます。艦隊からヘリも出せるように」

「お願いします」

エルメンドルフ空軍基地を飛び立ったP‐1哨戒機は、基地から丁度二〇〇〇キロの距離にあるアダックを真っ直ぐ目指して飛んだ。

飛行中、捜索エリアに関する指示を米海軍から受け取ることが出来た。もし墜落ということにでもなれば、陸上に予防着陸したか、洋上に墜落したかだ。

今日午前中に基地を利用した仲間の報告では、風は強いが、白波が立つほどではない。もし洋上での墜落だったら、油の跡くらい見つかるだろうと思った。

クルーが冬季用のドライスーツを着て飛んでいれば助かりもするだろうが、単に島の上空を飛んで警戒するのが任務だと、そこまではしてなかった可能性が高い。

捜索エリアに近付いて機首直下のEOセンサーを降ろすと、すぐ見つかった。燃え落ちた機体の残骸は、まだ十分に熱を持っていたからだ。そこだけ火事場の跡のように高温のスポット・エリアが出来ていた。

指揮を執る第4航空群第3航空隊第31飛行隊（P-1哨戒機）隊長の遠藤兼人二佐は、直ちにアダック島基地と無線交信し、「機体の残骸を発見した。生存者の捜索に移る」と報告した。

湖の縁というか土手に不時着したあと、斜面を転がった感じだった。機体は潰れているが、生存者がいる可能性が高いと判断した。洋上でなくて良かったと安堵した。

そして、EOセンサーが更に人間を発見した。こちらが発見するのと、向こうがレッドフレアを焚くのはほぼ同時だった。

洋上で旋回し、高度と速度をぎりぎりまで落としてアプローチすると、今度は、海岸線すぐでまたもう一つ、レッドフレアが焚かれた。こちらは、パイロットだとすぐわかった。足下に何かを投げ出しているようだったが、あれは海岸線で拾った流木の類いだろう。保温の準備をしているのだ。

バンカーに人影は見えなかったが、何かバンカーの底に文字が描いてあった。一瞬では読み取れないので、再度、旋回を命じつつ、カメラが撮影した動画をゆっくりと再生した。

まず、蓑虫のような寝床が眼に入った。ああ、これは拙い！　とすぐ気付いた。けが人がいるのだ。動けないけが人が。

そして、文字が読めた。

「みんな、ちょっと聞いてくれ。〝ＦＯＥ〟という文字だ。これは何かの略字だと思うが……」

「それ！　フィールド・オン・エネミーの略です——。敵がいます！」

　と副操縦士の木暮楓（こぐれかえで）一尉が叫んだ。

「あとに50ＢＭＧと続いているのは、五〇口径弾の意味か？　地上から五〇口径弾で撃たれたと？　拙い！　ブレイク、ブレイク！　回避して高度を取れ——」

　機体は、大きく西側へとブレイクし、パワーを上げて離脱し始めた。

「通信は直ちに動画から絵を切り抜いて衛星にアップロードしろ」

「アダック島基地と直接話しますか？」

　遠藤は一瞬考えて、「いやそれは良い」と通信担当に応えた。

「たぶんロシア軍が聴き耳を立てているはずだ。墜落はともかく、地上から撃たれたという話を暗号回線無しには話せない。それはヤキマかどこかから伝えさせれば良い」

「一回だけ、危険を冒すぞ。救難用ラフトを彼らの近くに投下する。屋根付きのラフトを広げれば、寒さを凌げるだろう。食い物も水も入っているし」

　島の南側からアプローチし、バンカーのやや西側で、パラシュート付きの救難用ラフトを投下した。確か四人くらいは中に入れるはずだ。すぐ左旋回に入り、洋上へと抜ける。海岸沿いにいたパイロットがその荷物へと駆け寄るのが見えた。

　パラシュートも回収すれば、毛布代わりにも使えるだろう。だが、あの負傷者には、一刻も早い救出が必要に思えた。助かると良いが……。

第五章　孤島の戦い

アダック島基地は、蜂の巣を突いたような大騒ぎになった。

アダック島施設管理隊司令官のアクセル・ベイカー海軍中佐は、その場にいる全員に、武器庫を開けてまず銃を持つように命じた。

副司令官のランドン・ロジャース海軍少佐が、「サイレンを鳴らしますか?」と問うた。

「住民にも危険の周知が必要ですが……」

「いや、今はやめておこう。もう街の中のどこか空き家に、敵が潜んでいるかも知れない。シェミアに警告を発してくれ!」

「ヘリを呼びますか?」

「来てくれると思うか? 島の医者が長いバカンスで本土に行っているなんて想定外だぞ。だが、シェミアの軍医だって知れているだろう。怪我の程度がわからんが、レッドフレアを燃やせても、手も振れなかったとなると相当の重傷だと考えて良い」

「あのエリア、自然保護区ですが、オフロード・バイクで向かうという手もあります」

「五〇口径を持った敵がいるのにか?」

通信兵が、P‐1哨戒機が撮影した写真を三枚持ってきた。赤外線画像の写真だった。一枚は、消失後のヘリの写真。二枚目は、FOEの文字の前に横たわる誰か。そしてもう一枚は、両手をV字に掲げて、救難要請の合図を送る兵士。こちらは誰かすぐわかった。

「ウエスト中尉だな！　すると、ここに横たわっているのは、機長か整備兵か。それともシールズ隊員か」

午前中は留守番だったシールズの残る二人の隊員、ホセ・ディアス曹長とティム・マーフィ軍曹が現れた。

「五〇口径の対物狙撃ライフルを持った敵が潜んでいるということですね。もし自分らがその機体に乗っていて、撃たれて撃墜されたことがわかったなら、負傷兵は置いて追撃に入ります。敵が何人上陸済みかはわかりませんが」

「ここは、最盛期には五〇〇〇人もの兵隊がいた。そこいら中に空き家もある。忍び込まれたらわからないぞ。街に警報を鳴らすべきか？」

「いえ。それはまだ早いでしょう。われわれだけで出来ることをしましょう。まず、自分とティムは、完全武装で、この基地を出ます。対物狙撃ライフルに暗視ゴーグル、衛星無線機を持って。それで、基地の南の港があるハマーヘッド湾南の丘に陣取ります。基地の南半分と、街のほとんどをそこからカバーできると同時に、南からやってくるだろう敵のコマンドを牽制できます。ハント中尉らが無事なら、そこから援護も出来ます」

「われわれはどうすれば良い？」

「まず、慌てず騒がず、住民に外に出るなと警告して回って下さい。同時に、兵士全員に武装させて配置に就かせて下さい。防寒具込みで」

「当然、夜警も必要になるが、暗視装置なんてないぞ？」

「島は電気がある。それで凌ぎましょう。あとは、本土から助けを求めるしかない」

「わかった。君らが、湾奥に登ったことは兵士に徹底させておく。行ってくれ！」

二人が敬礼して出て行く。

「たった百人の兵士は皆施設管理要員で、鉄砲の訓練だって、年一回嫌々やるだけです。戦闘なんて……」と副司令官が嘆いた。

「ロシアがウクライナに侵攻した時に、軍はもっと真剣に考えるべきだったんだよ。ここが対露最前線だと。なのに誰も気にも留めずに今日まで放置だ。四時間あれば、シエミアからヘリを呼んで救出できるよな？　暗くなるかも知れないし、メディックではどうにもならない怪我かも知れないが……。とにかく、やるしか無いぞ。仮に、上陸しているのがほんの数名だとしても、それは事前偵察の斥候だ。空からか海からかはわからないが、侵攻はそこまで迫っているとみた方が良い。使えるハンディ無線機は全部出せ！　あとほら、基地にドローンはないが、街中で子供たちが、クアッド型ドローンを時々飛ばしているよな？　誰かあれを借りてこい！　操縦者と一緒に」

中佐はピストル・ホルスターを腰に装着し、ウォーキートーキーもベルトに差した。戦闘訓練は毎年、形ばかりだ。防弾ベストすら隊員分あったかどうか。ここは何もかも後回しだった。

たぶん、基地隊員全員の戦闘力よりも、たった四人のシールズ隊員の戦闘力の方が高いだろう。エルメンドルフから兵隊を運んでくるにしても、今すぐ動いても五時間や六時間は掛かる。到着は暗くなる頃だ。それまで持てば良いが。せめて、グローバルホークの一機でも飛ばしてくれれば助かるが……。

ヤキマの北米邦人救難指揮所では、三村一佐と倉田二佐が、額をくっつけるようにして、モニター上のチャートと睨めっこしていた。

「とにかく、アダックの皆さんをぬか喜びさせたくはないわ。確実に出来ると判断してからでないと」

「はい、わかっています。それで、アダックの東南東と西南西側に、うちのヘリ空母が二隻、ヘリ部隊の途中給油艦として配置されています。いざとなれば、F‐35も離着陸は可能ですが。それで、陸のオスプレイが、フェリー・モードで二機編隊でこっちへ向かっています。午前中に三沢から離陸したので、すでに最初の給油を終えて、昼前には、発艦している予定だったのですが、一機に不具合が見つかったらしくて、二機ともまだ艦上にいます。〝ひゅうが〟が東側。〝いせ〟が西側です。この西側に配置された〝いせ〟に留まる一機は、いつでも離陸できます。ただ、二機編隊での飛行を原則としているので、留まっているだけです。それで、もちろん〝いせ〟には防衛医官が乗っています。衛生隊員も。幸いなことに、特警隊のコマンドも若干名乗っています。万一に備えて。で、その防衛医官と特警隊コマンドを乗せて発艦。アダック島まで八〇〇キロです。フェリー用の機内タンクを持っていますから、アダック島で負傷者を救出して、また〝いせ〟に余裕で帰還できます。もし外科手術が必要でも艦内の手術室で可能です」

「その防衛医官さん、水虫以外の患者を診たことがあるんでしょうね？　せめて盲腸以上の外傷治療が出来るのか確認して下さい」

「確認しました。ご本人は、外の救命病院で交通事故患者も診てきたので、それなりの腕はある。もし難しい手術になったら、遠隔医療システムで、東京から動画を共有して指示してもらえる。心配ないとのことです」

「手際が良いわね。それが良いと思う？」

「もうひとつ考えた手があります。プランBです。〝いせ〟からオスプレイを飛ばすまでは一緒。同時に、エルメンドルフからも何か飛ばします。C-2でも良いし、P-1でも良い。あるいは米軍機でも。速度は似たようなものですから。オスプレイで負傷者を救出してアダック島基地まで運び、そこで載せ替えてエルメンドルフへ帰還し、治療は米側に委ねる。すでに洋上にあるP-1を使えば、一時間内に着陸も可能です」

「その方が確実な気がするけれど、そっちがプランBに回った理由は何？」

「すでにアダック島にコマンドが潜入しているとなると、敵の上陸作戦は近いとみるべきで、アダック島基地で載せ換え中にもそれは起こるかもしれない。空挺か潜水艦かからはわかりませんが。多少の危険と、載せ換えによるタイムラグを考えると、オスプレイによる〝いせ〟とたいして時間は変わらない可能性もあります」

「こっちへ帰ってくるC-2輸送機はあり？」

「エルメンドルフ経由ではありませんが、ヤキマから引き返す便がすでに経路上にいます。ただし、まだカナダ沖なので、時間は掛かります。P-1哨戒機なら何機かすぐ近くに。遠藤が乗っている機体でも良いし」

「ちょっと待って。敵が上陸してくるとしたら、どうやって誰がそれを最初に探知するの？」

「潜水艦の場合、米海軍の原潜がぴたりと張り付いているなら別ですが、この大陪審判決に備えて、かなりの艦艇が母港に戻れ！　との命令を受けました。その敵潜水艦はフリーの可能性があります。しかし、うちは今回、対潜水艦任務には重きを置いていないし、そもそもがアダック島周辺の海中データも持たない。ソノブイを投下したらキャッチできるという単純な話でもありません。他方空も、現状では、あの辺りの航空哨戒もP‐1のAESAレーダーに頼っており、せいぜい見通し距離圏内の飛行情報が得られるという程度です。ペトロパブロフスクを離陸した機体に関しては、早めにキャッチできるよう衛星でも覗いていますが、空中給油機を伴った輸送機が北極圏越えで飛んできたとしたら、キャッチできるのは、上陸直前になってからです。ただし、あのエリアは、エルメンドルフ拠点で哨戒しているF‐2戦闘機部隊のカバー範囲ではあります」

「シェミア島基地も〝いせ〟も、アダック島に対してほとんど等距離なのよね？」

「〝いせ〟は、もう少し距離を縮められます。オスプレイを発進させた後、回収するまで最短一〇〇キロは前進できるでしょう」

「オスプレイが現場に到着するまで最大九〇分。シェミアのブラックホークよりは僅かに早い。エルメンドルフには、当然パラメディックもいるわよね。陸軍だか空軍の。それを乗せて離陸させれば二時間で投入できる。われわれがオスプレイで先行して回収し、基地でエルメンドルフ行きの便に引き渡すのが最良の気がするけれど。ひとまず、オスプレイを出しましょう！　ここのコマンドと防衛医官を乗せて。不要なら引き返せば済む話よ。私は、アダックの司令官と話します」

「それと、グロホ？　グロホをどうしましょう？」

「グロホ？　グローバルホーク？　あれをアダックまで飛ばすの？」

「他に使う機会もありません。アダック島まで、千島列島を少し迂回して飛んで三五〇〇キロです。グロホの巡航速度で、五時間掛かる計算ですが」

「何かあったらどうするのよ？　あんな高い機体……」

「でも、宝の持ち腐れですよね？　それに、あれ米軍から型落ち品を押しつけられたんでしょう？　旧型機なら損失しても……」

三村は不快な顔をした。

「あれ、旧型旧型と言われますけど、ブロック30でもそれなりのスペックよ?……。わかりました。私から空幕に進言します。もし敵が上陸してくるようなら、それなりに役に立つでしょう。アダックで使い道がなくとも、そのまま米本土に飛ばせば良いし」

アダック島には、スキャン・イーグル程度の無人機もいないのだろうか？　と三村は訝しんだ。本当にあそこは、忘れ去られた基地らしい。

アダック基地管理棟の外で、武装した兵士達が走り回っているのが見えた。まったく様にならない光景だった。銃を持っているせいで、今にも転びそうだ。ふだんはたまに降りてくる哨戒機や民航機の給油をするだけの仕事だ。民航機も降りてくるので、ここにはそのサポート・スタッフもいる。

そうだ彼らの手も借りねばとベイカー中佐は思った。この日に備えて、最低限の防御陣地は構築してきた。建築資材を要所要所に積み上げて、敵をどこでどう防戦するのか、シールズの指示を元に考えてきた。

彼らがいてくれれば十分に戦えるが、その四人のシールズ隊員は、今はもう基地の外だ。そもそも敵がどこから上陸してくるかもわからない。潜水艦を使って島の反対側から上陸してくるのか？　港はここしかないから、ここを避けるとしたら、洋上でいったんボートに乗り換え、少人数ずつで上陸させるしかない。

それとも、いきなり基地の沖合に姿を見せ、堂々と入港してくるのか。

隣の通信室から「中佐！　日本から衛星回線です。至急話したいと――」と呼びかけてきた。姿を見せると、「静止軌道衛星経由なので、会話にタイムラグが生じます」とヘッドセットを手渡された。

「何かペンと紙を遣せ！」

「こちらは、ヤキマの北米邦人救難指揮所・指揮官のミムラ一佐です。日頃のサポートにまず感謝します」

「大佐！　こちらは基地司令官のベイカー中佐です。まずは、墜落機とその乗員発見に感謝します」

ミムラは、〝いせ〟からのオスプレイ発進と、エルメンドルフからのプランBに関しても提案した。

「それで、シェミアからもヘリが出たと思いますが、こちらが僅かに先に着きます。恐らく一時間は早く着ける。こちらの軍医が負傷兵の様子を観察して、もしシェミアの医療設備と医師で間に合うようなら、そちらに委ねます。それが無理だと判断された場合、Ｐ‐１をアダック基地に降ろし、そこからエルメンドルフまで運ぶか、〝いせ〟に連れ帰ってそちらで手当するかになります。負傷のレベルによりますが、そちらから意見があればお願いします」

「難しい判断だ。もしお手上げとなったら、どうなりますか？」

「現場で医師が救命は不可能だと判断したら、アダック基地まで運び、Ｐ‐１でエルメンドルフへ連れ帰ることになるでしょう。少しでも助かる可能性があるなら、〝いせ〟艦内で対処するのがベストだと。開放骨折程度なら問題ありません。緊急措置した上で、艦内でしばらく様子見し、日本へと後送します」

「大佐のご判断を尊重したいが？」

「私は、医師の判断に任せたいと思っています。P‐1は、すでにアダック島周辺で潜水艦の捜索を開始しました。追加のP‐1部隊も発進させます。ただ、こちらはその付近の海中データを一切持っていないので、発見は容易ではないとのことです」

「わかりました。われわれは現在、全力を挙げて基地の防備を固めています。敵が上陸してくるとなったら、自衛隊の手を借りるしかない。いったん切りますがよろしいですか？」

「了解です。負傷者の無事を祈りましょう！　ヤキマ、アウト――」

いつの間にか背後でロジャース少佐もヘッドセットを被っていた。

「シェミアからもヘリが飛ぶ。現状では、これが出来ることの精一杯でしょう」

「なんでアダックなんだ？　もっとペトロパブロフスクに近いシェミアじゃなく」

「シェミアは、飛行場分の広さしかない島です。攻めようがないし、それなりの部隊がいる。軍人だけで、うちの三倍の人間が駐留している。いざとなったら、上陸して攻めるより、弾道弾や巡航ミサイルを撃ち込んで破壊すれば良い。アダック島は、真水も得られるし、生活が出来る。ただ、シェミアの強力なレーダーを考えると、北西からの航空機による接近はあまり考えずに済むでしょう。われわれは北極圏越えの接近にさえ気を付けていれば……。イルクーツクとか、その辺りから飛んで来るのかも知れない」

「暗くなる前に、住民を一箇所に避難させよう。日没後、動いている者は味方兵士か敵だけという簡単な状況にしておきたい」

「そうですね。日没まではまだまだ時間がある。

出来ることをやりましょう!」

この季節の日没は遅い。ハワイ時間でも夜一〇時を過ぎるまで十分に明るい。そして四時にはもう明るくなる。冬は、その逆で夜が長く、十六時前には暗くなる。今の季節の日長時間は十七時間を超えるが、真冬はほんの六、七時間だった。

上空でオレンジと白に塗られたパラシュートが開いた瞬間、ベラ・ウエスト中尉は、全力疾走した。風向きを読んで、着地点に先回りしようと走ったが、それでも、パラシュートは彼女が見込んだ着地点より二〇〇フィート近くも風下側に着地した。そして、キャノピーは萎むこともなく、膨らんだままズルズルと地面を走り出した。

結果として、ウエスト中尉は、ハーフマイルを全力疾走する羽目になった。最後は、荷物ではなく、パラシュートを抱きかかえるように飛びついて、膨らんだキャノピーを萎ませた。キャノピーに抱きついたまま、地面を五〇フィート近くも引きずられてようやく止まった。

まず、キャノピーを確保する必要があった。こいつは最高の毛布になる。四〇リットル・サイズのコンテナには、海面着水時に自動展開するための水圧センサーが露出している。膨張用のガス・ボンベはたぶん中だろう。

両手にキャノピーを抱きかかえたまま、ずっしりと重たいコンテナをさらに左脇に抱えて歩いた。一瞬、自分たちが過ごしていたバンカーの位置を見失うほど移動していた。

いったん海側に出て、位置を確認する必要があった。

バンカーに辿り着き、「パーカー!」と上から呼びかけたが反応は無かった。燃え尽きたレッドフレアが、バンカーの底に転がっていた。

ベラは、まずコンテナを足下に置いて斜面を滑らせた。足下を見ながらそれに続き、キャノピーが再び吹き飛ばされないよう、トグル部分でぐるぐる巻きにして地面に置いた。

「パーカー！　パーカー！」と呼びかけると、パーカーは虚ろな瞳で微かにうんうんと頷いた。たぶん、レッドフレアの着火で体力を消耗したのだ。

「良い寝床が来たわよ！」

恐る恐るコンテナを開けると、カバーの内側に、日本語と英語で使用方法が書いてあった。ラフトの展開方法は図解入りだ。ガスボンベのストッパーから伸びる紐を思い切り引っ張ると、一気にガスが開放され、四人乗りの救命筏が膨らんだ。屋根も自動的に立ち上がった。

雨風避けのフードもあったので、もし狼がまた現れても、これである程度は凌げるだろう。熊なら別だが、さすがにここにホッキョクグマの類いはいない。

まず、パラシュートのキャノピーを中に放り込んだ。LEDライト、固形食に、長期保存可能な水。そして、ビーコン。その円筒形のビーコンを捻ると、電波が出ている印に、LEDライトが点滅し始めた。

難題は、負傷したパーカーをどうやって運び込むかだ。もう起きるような体力は無さそうだ。ベラは、パーカーが寝ているローター・ブレードの端を持ち上げて、少しずつバンカーの底へと引きずり降ろすことにした。なるべく衝撃を与えないように。

ラフトの縁まで来た所で方向転換し、パーカーの頭部分をラフトに寄せた。いったん自分がラフトに入り、膨らんだフロート部分から身を乗り出して、パーカーの頭から覆い被さった。

「ご免なさいパーカー！　今の内に謝っておくわ。

これからちょっと、無理な姿勢を取らせるけれど、すぐ終わるから我慢してね。貴方をラフトの中に引きずり上げます」

セーターの肩口部分を引っ張り、最後は両手を思い切り伸ばしてパーカーの両脇に入れ、気合いを入れて上半身を引き揚げた。パーカーがうめき声を上げたが、ベラはそのままパーカーをラフトの中に入れた。ただし、パーカーはベラの上にまだ乗ったままだった。

手を伸ばしてキャノピーでクッションを作ってから、パーカーの身体をゆっくりとその上にどかせた。

姿勢を正し、パーカーのブーツを脱がせてやる。だが、折れた方の足は、足首がパンパンに膨らんで、脱がせられない。それなりの鋏が要りそうだった。そっちは諦め、キャノピーを広げてからぐるぐる巻きにしてやった。

「パーカー、これで少しは楽になるわよ。水を飲む？　少しだけだけど、喉を潤す程度だけ」

パーカーが首を起こそうとするが、その体力はもう無さそうだった。ベラは、ゼリー状の栄養ドリンクっぽい飲み物を、パックから少し絞って、歯磨き粉のように、パーカーの唇に乗せてやった。

これは良いと思った。寝たままの病人を無理に起こさず、少しずつでも水分と栄養補給もできる。

「パーカー！　聞いてる？　もうすぐ、シェミアから仲間が飛んでくるわ。そうね、もう離陸した所だろうから、これから二時間前後かしら。たぶんメディックも乗っている。四時間後にはもうシェミアの立派な医療室にたどりついているわ。あと四時間よ、ねえパーカー！　聞いている？　ここに添い寝して、貴方を温めてあげたいけれど、私は土手まで出て、狼や敵を警戒します！　パーカー。聞いてるなら、私の手を握り返して」

パーカーの左手を握ってやるが、グローブを嵌めた手はすっかり冷え切っていた。脇の下から体温計を出して確認しようかとも思ったが、止めにした。それでまた体温を奪うことになる。

パーカーは、弱々しく握り返した。「しっかりするのよ！　パーカー。生きて還るのよ！」とベラは強く握り返した。

「三〇分置きに様子を見に戻るわ」

ベラは、ビーコンを膝下のポケットに仕舞った。ここはなんだかんだ言ってもバンカーの底だ。せめて地表に置く必要がある。

自分用の水と、エナジーバーのような、少し固いビスケットを一本取ってポケットに入れると、外からフード部分のジッパーを閉めた。もう自分に出来ることはない。自分がやるべきことはやった。後は、パーカーの体力と、生きるための執着心と、神様に委ねるしかない。

狼は、またやって来るだろうか？　万一、味方ヘリが夕方まで飛ばないなら、海岸線で薪を拾い、暗闇に備えなければならない。

そしてあの狼たちは、仲間で作戦を立てて襲ってくる。三六〇度方向を監視しなければならない。一方向ではなく、三六〇度首を巡らし、くまなく隙無く見張る必要があった。今は、意志を持つ敵のコマンドより、狼の方が恐ろしかった。

シールズ隊員のイーライ・ハント中尉とマシュー・ライス軍曹は、膝下の深さの小川を三マイルほど遡上した所で、東側から流れてくる支流へとルートを取った。そちらは、踝(くるぶし)程度の深さしか無かった。

自分たちがだいたいどこにいるかはわかる。時々、川縁に頭を出して稜線の地形を確認した。この川がどこから延びているのかもわかっているつもりだった。

雨が降ると、水源地には湖が出現するが、だいたいいつも三日で消える。普段は、山脈の地下水を源流とする小川だ。そのため、さっきまで歩いていた小川より冷たかった。飲めないことはないが、やめておいた。

二人は、今は一〇〇ヤード前後の距離に縮めて移動していた。ドローンでも使って真上から観察しなければ、ひとまず姿は見えない場所だ。小川の左右両岸の崖は、この辺りでも高さは一〇フィート前後はあり、上に登って脱出するのも大変そうだった。

ハント中尉は、泥の上に残された動物の足跡の近くで立ち止まり、ライス軍曹が現れるのを待った。時折、上空を鷲が舞っているのが見える。自分たちが斃れるのを待っているのかはわからない。ずっと頭上にいるようには見えないから、敵のコマンドがそれを目印にするかどうかはわからなかった。

ハント中尉は、軍曹が現れると、指先で足下を示した。

「おっと……、これは、カリブーの蹄とは全然別物だぞ」

「幸い、熊の類いじゃない」

「猫と犬の足跡の違いってわかる？」

「全然。考えたこともないな。だが、野生の猫はいないだろう。いるとしたら雪豹とかだろうけれど」

「じゃあ、キツネとか？」

「そういうのは、いたとしても、戦後の一時期に駆逐されたんじゃないのかな。ここにいる動物は、飼い犬と、カリブーだけだと思うぞ。海岸線にはアシカがいるが、ここまで登ってはこないし。野生動物の足跡講座とか、もう少し真面目に聞いておくんだったな。それに、上空から野犬を目撃したことはない」

「俺は無いけど、前任のチームは、何かを見たと言っていた。あの場では、中尉を不安にさせたくなかったから黙っていたが、カリブーより小型の何かが草原を走っているのをカメラで捉えたと聞いたことがある。追跡も詮索もしなかったから、それで終わらせたらしいが。任務引継ぎ時に、それを書くかどうか、前任士官に聞いたら、鼻で嗤われたよ。真に受けるなと。だが、やっぱり狼がいるのかも知れない。いったん原野に放たれれば、人家には近寄らないだろうから、基地で暮らすわれわれが目撃できなくても不思議じゃない」

「それはそれとして、さっきのエンジン音は明らかに捜索機だ。中尉らは発見されたと考えて良いだろう。シェミアから救難機が飛んでくる」

「奴ら、その救難機を狙ってまた仕掛けてくるかな?」

「墜落地点は、半島の南端で、あそこを二マイル射撃で狙撃するには、完全に平地に降りる必要がある。俺ならやらないね。無駄とは言わないが、リスクに見合うベネフィットが無い」

「俺たちが先んじたと思うか?」

「思う。それに、安心材料も出て来た。墜落場所がわかったら、まずホセとティムが、オフロード・バイクをすっ飛ばして走ってくるはずだ。間違い無くね」

「うん。道は無いが、間違い無くやるね。ルートとしても、たぶんこの小川に沿う感じで南下するはずだから、そのエンジン音は必ず聞こえる。だがまだすれ違っていないということは、彼らは出ていないということだ。出ていない理由は二つ。すでに基地は占領されて身動きが取れないか、敵の狙撃兵がいることが基地に伝わり、出撃を躊躇ったかだ。可能性としては、明らかに後者だな。前者を考えても仕方ない。そして、後者の場合、チームの事前作戦に則り行動することになる。二人は、ハマーヘッド・ピークに陣取ったはずだ。

この日に備えて、ある程度のカムフラージュ陣地も構築した。彼らはそこから、北の基地側と、敵のコマンドが接近するだろう南西側も警戒する」

「ハマーヘッド・ピークに陣取る味方との距離は、まだ七、八マイルはあって、しかも途中には、一五〇〇フィート越えの山がある」

その尾根は、二人のいる小川からも見えていた。

「そろそろ敵を追い越したとして、このまま直登すると、背後から丸見えになって背中を撃たれる。さらに東へ回り、鞍部をすり抜けるしかないな。そこなら一〇〇〇フィート程度で尾根越え出来る。尾根越えしたどこかで、網を張ろう。日没前に仕掛けられる」

「その辺りまで出て、ハマーヘッド・ピークまでまだ三マイル前後か……。銃を撃てば、仲間に合図は送れるな」

「よし、行こう！　敵がいることに基地側が気付いてくれたなら、シェミアのブラックホークは、それなりの仕事をしてくれるだろう。援護も得られる」

「まさか、連中を頼るつもりじゃないだろうな？」

「ご免だね！　マシュー。少佐の仇は自分たちで決着を付けるさ。奴らの装備を全部回収して、このミュージアムに飾ってやるよ。大戦当時の遺物と一緒に。だから、シェミアの仲間が、パーカーをどこかに運んで戻ってくるまでが俺たちの勝負時間だ」

「そう来なくちゃね！」

「降伏勧告もなしだ。黙って撃ち殺す。それがネイビー・シールズのやり方だ！」

二人はまた水の中に入り、走り始めた。ほんの一〇〇ヤードも遡上すると、カリブーの死体が水面に斃れていた。柔らかい腹部を食いちぎった痕があったが、内臓自体はもう跡形も無かった。恐らく襲われたのは数日前のことだろう。

ここの水は綺麗に見えたが、飲まずにいて良かった。首筋に牙の痕がある。まだ若い成獣だ。たぶん狼に追い立てられ、ここで果てたのだろう。内臓の残りは、鷲が啄(ついば)んだに違いない。

肉はまだ綺麗だ。この辺りの気温を考えると、冷蔵庫に保管しているようなものだから、この肉は食える。これがサバイバルならそうするが、今は無視するしかない。

場所を覚えておけば、動物学者が喜ぶかも知れない。こんな世情でも、学者は何人か島に留まっていた。

土門康平陸将補は、シアトル空港のアライバル・デッキ外に寄せた指揮通信車両〝メグ〟の中にいた。

水機団が今、空港のターミナル内に指揮所を開設中だった。滑走路の掃除はほぼ終わり、離着陸だけなら可能になった。だが、誘導路を含めたエプロン周辺の掃除はまだなので、民航機の運用は出来なかった。

市当局も補給物資を必要としており、空港の再開をせっつかれていた。

「遠いよな、これ……」

と土門はため息を漏らした。待田が、モニター上の地図をぐりんぐりん動かしながら距離計の数字を表示させていた。

「はい。シアトルからアダック島まで、まっすぐ飛んで三九〇〇キロです。日本列島から飛んでも似たようなものですね。日本列島、北米、ほぼ等距離。辛うじて、アラスカのエルメンドルフが近いと言えば近いですが、それでも二〇〇〇キロ離れています。とにかくあそこはアリューシャン列島の孤島。あの弓みたいな列島のど真ん中ですから」

「なのに、なんで守備隊とか事前配備されていないんだ？」

「たぶん、狙われるとしたらシェミアだと思ったんじゃないですか？　アダック島を占領しても、あの島、ペトロパブロフスクからすら遠いですからね。象徴的な意味合いはあるでしょうが、まずシェミアだろうと考えても不思議はない」

「アッツ島で、日本軍二三〇〇名余が玉砕したのは、この基地が作られたせいだろう？　俺たちに何かの義務があると思うか？」

「義務はありません。あくまでもアメリカ軍基地ですから。それに、緊急用の飛行場として重宝に使わせてもらっていますが、近隣にも飛行場はあり、それこそシェミアとかもあるので、絶対的に不可欠な場所というわけでもありません」

「では何だ？　われわれがアメリカの同盟国として、こんな辺鄙な基地のために戦力を割く理由は何だ？」

「民間人がいるからです」

と娘の恵理子が隣であっさりと言った。

「夏のバカンス・シーズンで、狩猟や自然観察、それに研究者たちも一定数居て、年間を通じて、アダック島は今が一番賑わっています。三〇〇名を超える島民や来訪者が滞在している。暮らしている。あそこは、アメリカの立派な町です！」

「なんだそれ……。三〇〇名ならさ、旅客機を一機飛ばして全員乗せて避難させせりゃ良いだろ

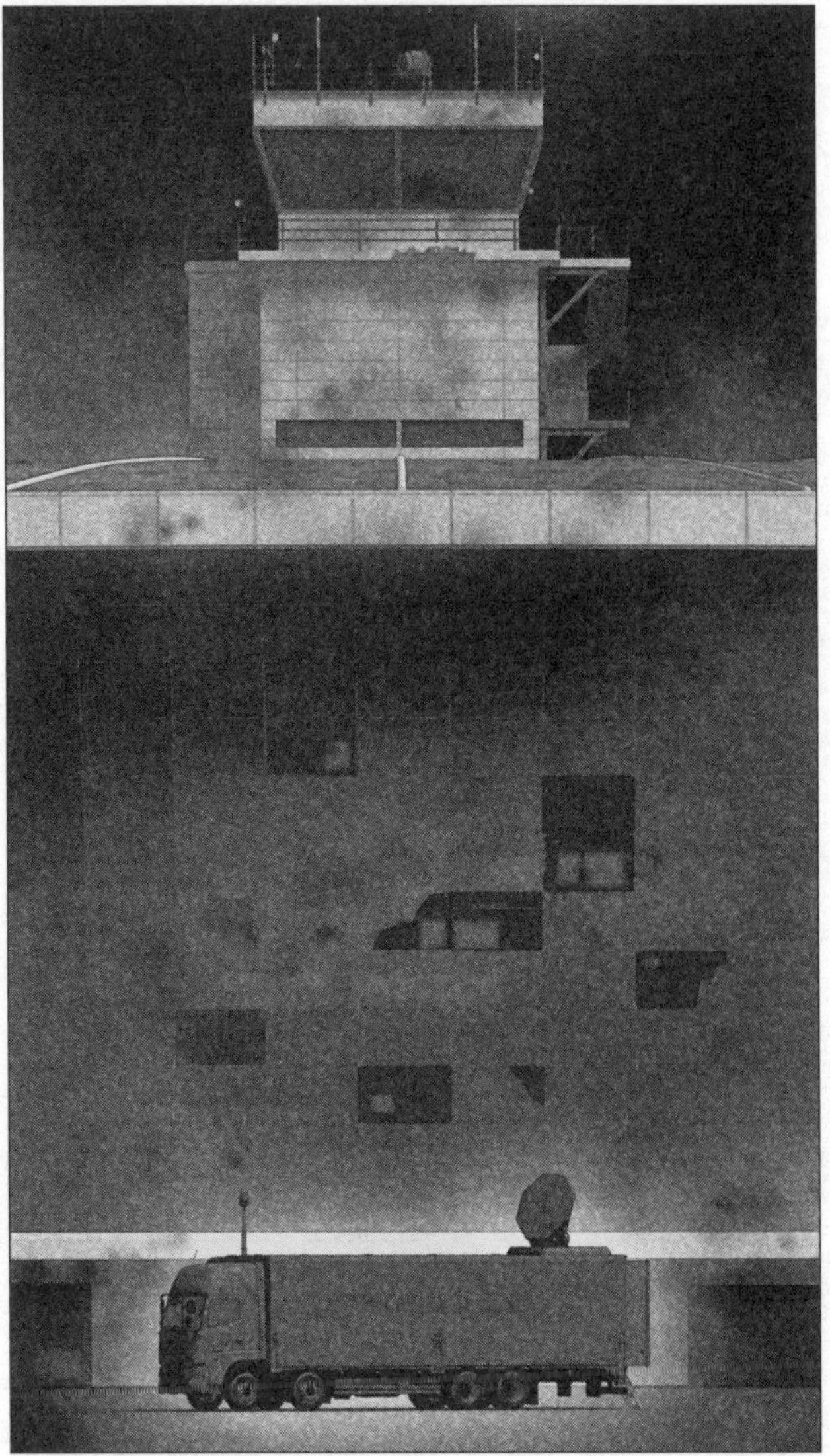

う？」

「あそこのランウェイ、八〇〇フィートないから、77の運用はちょっと無理ね。三〇〇人運ぶとなると、C‐17二機かしら」

「今日にも敵が上陸してくるとしてだな、もし潜水艦なら、浮上した所に爆雷でも落とせば良いだろう。兵隊を上陸させるには時間が掛かる。空なら、うちの戦闘機で撃墜すれば済む話だ。いきなり、陸兵云々を考えるべき状況だとは思えないぞ？」

「仮に、空挺兵を満載した輸送機が飛んできたら、それを私たちが撃墜できると思う？　外務省は良い顔しないわよ？　ウクライナの戦争でも、捕虜を乗せた民航機をロシアはわざとウクライナに撃墜させて、ウクライナへの反感を煽ったじゃない。領土返還交渉とか考えると――」

「冗談はよせ！　お前ん所のロシアン・スクールは、未だに領土返還交渉がロシアと出来るなんて思っているのか？　どうかしているぞ……」

「私もそう思いますけどね。でもほら、交渉しているという旗は降ろせないじゃない。いずれにしても、われわれはまだロシアと直接交戦状態にはない。なのに、こちらから引き金は引けません」

「じゃあ、スティンガーを持った兵隊を島のあちこちに置いて、ロシアの飛行機が見えたらぶっ放すしかないな」

「アダック島にスティンガー・ミサイルはありません。シェミアにあることは確認済みです。アダック島に派遣されたのは、ナイト・ストーカーズの武装ヘリ一機と、これもシェミアの分遣隊扱いのＳＥＡＬＤｓチーム７の四名だけでした」

「行って還ってくるだけで、十二時間は掛かるぞ？　シアトル、日本どちらから出るにしても。エルメンドルフにも水機団は待機している。連中をC - 17で運ばせたらどうなんだ？」

「本格的な戦いになったら、それも提案します。まずは先遣隊派遣です」

「俺が出すの？」

「他に誰がいるのよ？」

「〝いせ〟だっけ？　海自の特警隊が乗っているんだろう？」

「分遣隊の分遣隊よ。たぶん一〇人も乗ってない。何事も起きなければ、それでいいじゃない？　機内で丸半日寝て過ごすだけで済む。そりゃ煩くて安眠はできないけれど、トイレもあるし、食い物も持って行けばいい。どの道あそこには食糧支援も必要だろうし」

原田三佐がハッチを開けて入ってきた。

「お呼びですか？」

「カナダ軍はどうだ？」

「はい。相当にボロボロで、繰り返しますが、戦える状況にあるとはとても思えません。今にもボイコットが起きそうなほどで。ただ、ルグラン少佐はやってのけると意気軒昂ですし。シアトルの当局も、カナダ軍は不可欠だと言ってます。水機団は、指揮所を立ち上げつつ、ダウンタウン攻略に関して、それら三者で協議中です。兵力不足は否めませんが。急がないと、ダウンタウンの荒れようはかなり酷いです」

「了解した。私は気が進まないのだが、アリューシャンのアダック島に、敵のコマンドが潜入している。ロシア、中国かはまだ不明だが、私は露軍だと思う。話してやれ……」

と土門は、ブリーフィングを娘に譲った。

「……それで、この後、間違い無く攻略の本隊がやってくると思いますが、原田さんのご意見は？」

「ええと、自分の意見と言われても……」

と原田は父親の顔を見遣った。

「来るか来ないかよ？　単純なお話です」

「どうでしょう。斥候レベルの活動だったら、そこまで心配する必要もないような気もしますが。もし万一、部隊が上陸して来て占領という形になっても、それは本来、アメリカ軍が対応すべき話ではないかと」

「それで、話を進めますね？」

と恵理子は、原田の判断に一切構わず、強引に続けた。

「ＬＡＸは韓国軍海兵隊が入り、そこに姜小隊が居続ける必要は無くなりました。ＬＡ全体で言えば、確実に治安は回復しつつあり、サンフランシスコ解放へ向けての準備を始める段階です。なので、姜小隊をこちらに呼び戻しても問題無い。つまり、玉突きです」

「済みませんが、敵が占領するなら、先にシェミアではないのですか？」

「あそこはさ」と父親が口を開いた。

「中国が南沙(ナンシャー)に埋め立てて作った人工島みたいなもので、島全体が軍事要塞だ。目障りならミサイルを撃ち込むだけでレーダーも滑走路も使えなくなる。逆に、仮に占領されたとしても、米軍もミサイルをぶち込めば基地化はできない。アダック島はその点、土地が広いからどこにでも臨時滑走路が作れるし、生活もできる。現に物好きな民間人が暮らしている。戦術的にも、アリューシャンど真ん中のあそこを取られたら痛い。それで旧日本軍は、北米攻略が早々と挫折したわけだしな」

「ここシアトルの状況は、われわれ一個小隊でどうなるものでもありませんが……。命令ということで理解してよろしいですか？」

「外務省様の要請だ。何事もなければ、半日機内で寝て過ごせ。休日だと思ってな」

「〝エイミー〟が戻って来ています。積んでいって良いですか？　それとも〝ジャズム・ワン〟で出るという手もありますが？」

「〝ジャズム・ワン〟はこっちで使い道があるだろう。もしミサイル攻撃が必要なら、戦闘機に誘導爆弾でも抱いて出させる。ガル、お前はどうする？」

「自分はここに残ります。その代わり、レスラーを連れて行って下さい。ダウンタウン攻略がある。エイミーがあれば仕事が出来るでしょう」

土門は、「大丈夫だな？」と待田の隣に座るレスラーこと駒鳥綾三曹に質した。

「はい！　問題ありません。最善を尽くします」

と振り返った。

「上空に着いたら、着陸しようがすまいが、スキャン・イーグルを落として下さい。こっちで操縦、運用しますから」

と待田が原田に告げた。

「わかった。手ぶらのまま引き返すことを期待したいが……」

「間もなく、ヤキマから〝エイミー〟と補給物資を搭載したC‐2が離陸します。三〇分で誘導路まで出て下さい」と恵理子が指示を出した。

「了解！　マム」と原田は恵理子に敬礼した。

「全く……、省令を書き換える必要があるぞ。せめて防衛省は外務省と同格にしてもらわなきゃ。だいたいさ、先の大戦も、大島（おおしま）大使が一人先走って、三国同盟なんてアホなものを結ぶから——」

「そうだっけ？　陸軍もだいぶ熱心だったと聞いているけれど？」

駒鳥三曹が席を立つと、代わって〝タオ〟こと花輪美麗（はなわびれい）三曹が呼ばれてオペレーター席に就いた。

「私、ここでよろしいのでしょうか？　部隊に同行しなくても」

「ああ、君に出番はない。次の戦場で待つのはたぶんロシア人だろうから」

と土門は台湾系の花輪三曹に告げた。

「うちの部隊、ロシア語使いはいたか？」

「姜小隊なら、ボーンズがいますけどね。もし必要になったら、衛星経由でボーンズに通訳させましょう。でも本当に来ますかね……。だいたいその斥候は、どうしてわざわざこちらの注意を引くとわかっていてヘリを撃墜なんてしたのか……」

「最近のロシア軍のすることはわからないねぇ。頭上をぶんぶん飛び回られて神経が参っていたんじゃないか？　予防着陸する暇も無く撃墜できれば、全員死亡。自分たちの存在がばれることも無かっただろうし」

カナダの民航機が一機着陸してきた。ボーイング737型旅客機だ。梯子車が近付き、負傷兵を滑走路エンドで乗せ、補充の予備役兵を降ろし、一八〇度Uターンし、隣の滑走路から離陸していった。

スキャン・イーグルで見下ろしていると、彼らが、M-16小銃を担いでいるのが見えた。

「カナダ軍さぁ、ウクライナ支援に金を出すような余裕があったら、制式小銃くらい買い換えれば良かったんだよ。変だろう、今時、M-16とか……」

こんな連中と水機団が一緒に戦えるのか？　と思った。

スペツナズの二人の兵士は、それぞれ一八〇度違う方角を睨んで寝そべっていた。そのままの姿勢で二〇分以上、周囲を監視した。

だが、敵の気配は全く無かった。時々、視界を狼が横切る程度だ。

「敵に巻かれたな……」

と北側を見張るレナート・カラガノフ軍曹が言った。

「ああ。間違いない。敵は、俺たちの迂回に成功した。たぶん今頃は、真横か、もっと北側に出ているだろう」

マクシム・バザロフ伍長は、自分たちが歩いてきた方角、南側を監視していた。

「西か東、どっちだと思う？」

「西は無いな。尾根越えするには、どうしても丘陵地帯を登る必要がある。丸見えだ。必ず俺たちから見える。たぶん東側に大回りしたんだろう。装備が銃だけならやってのけられる」

「じゃあこれからの戦いは、お互い条件は五分だな。北から東に注意して移動しよう」

「連中の五〇口径銃より、俺のチェイタックの方が性能は上だ。証明してみせるよ」

「信じているが、敵が味方と合流する前に決着を付けなきゃ拙いことになるぞ」

「それは心配ない。相手はＳＥＡＬＤｓだ。味方の援護を得た上で戦いたいなんて思わないだろう。そこに奴らの焦りが生まれる。俺たちが姿を見せなければ、奴らから向かってくるさ」

二人はギリースーツを着たままゆっくりと起き上がり、前進を開始した。

第六章　デルタ

根岸翔青年は、スウィートウォーター西外れのアベンジャー・フィールド飛行場にいた。近所のライバル店にも頼んで、ピックアップ・トラック三台を率いて準備した。

猛烈な暑さだった。地方出身の彼は、大学に上がって東京のぼろアパートで一人暮らしを始めた。今時、トイレ共同。エアコンはなく、最近の夏の暑さは耐えがたいものだった。大学一年生の頃は、バイトや何やらを入れて、昼間はアパートに居なくて済むようにした。日当たりも無いのに、とにかく暑い。だが、夜の寝苦しさも相当なものだった。

ここテキサスの暑さは、東京の比では無かった。それでも、夜はそれなりに冷える。というか涼しくもなる。そこが都市のヒート・アイランド現象と違う。

昼間の暑ささえ耐え凌げば東京よりましだ……、と思って毎日暮らしていた。

今日は、避難所の昼飯用に、どうにか五〇食を用意して提供した。それが限界だった。よそのレストランも大なり小なり似たようなものだった。

困った時は助け合え！　が店長のモットーなので、近隣のライバル店とも正直に情報交換して、食材を融通し合った。

英語は下手くそなくせに交渉上手な店長がいないのは痛かったが、そこは自分が頑張るしかない。バイトの店員皆が、大なり小なり店長夫妻の人柄に惚れ込んで働いている。この辺りのレストランとしては、客単価が一番高いので、時給もそれなりに貰っている。

経営は決して楽では無いだろうが、この避難所への食料提供が軌道に乗れば、稼ぎは決して小さくないと思った。

なのに、店長は戻らないのか？……、とバイト仲間から尋ねられたが、「彼はそういう男だろう？サムライは、約束は果たす！」と突っぱねた。

滑走路脇で待っていると、救急車が二台入ってきた。確か店長夫妻が接待していた警察関係の医者が乗っていたので、根岸は挨拶した。医者というか、検死医だ。普段は死体しか扱わない。

「君らもその荷台に病人を積んで運ぶのか？」

とハッカネン医師は聞いた。

「いえ。僕らは、ＬＡから届く炊飯器を待っています。避難民に食事を提供するための」

「そうか。じゃあ私が待っている飛行機は編隊飛行でもしてくるんだろうな」

「三台分の炊飯器があるかどうかはわからないんですが、ライバル店に黙っておくのもどうかと思って」

「あの店長の店らしいな。彼はそういう所は構わない男だ」

「この飛行場、ここ数日、ひっきりなしに病人を乗せた小型機が降りてますが、どうして隣のアビリーンじゃないんですか？　どうせあっちの病院に運ぶんでしょう？　アビリーンなら、ちゃんとした空港もあるのに」

「そう思うだろう。要は目立ちたくないんだ。アビリーンに運び込むと目立つ。そこの病院はまだ余裕があるのか？　と錯覚を生む。また、誰か金持ちが逃げてきたんじゃないか？　そういう脱出ルートがあるのでは？　という疑心暗鬼も生む。だから、地方の、こういう人気が無い飛行場を使って病人を連れてくる」

「なるほど。僕らの炊飯器と同じですね。アビリーンに降ろすと目立つからという理由で、わざわざ小型機でここに降ろすらしいですから」

「店長とは連絡が取れている？」

「はい。今朝方電話が一回繋がりました。やっと州境を越えられたようで、でもその後は全く駄目ですね」

「儲かりそうか？」

「州政府からの依頼だから金払いは良い。この騒乱による落ち込みをカバーして、お釣りが出るくらいには儲かると思います」

「そりゃ良い。でも食中毒とか出さないでくれよ。私が忙しくなる」

リリー・ジャクソン元陸軍大尉が操縦するパイパー・セミノールがいつものように降りてくる。今日二度目のフライトだった。

X字に交差するもう一本の滑走路に、今度は旅客機が降りてきた。たぶん、ボーイングの737型機だ。こんな所で見る機体ではなかった。

きっと自分で歩ける病人でも運んできたのだろうとハッカネン医師が言った。

ジャクソンから受け取った患者を救急車の荷台に乗せた後も、ハッカネン医師はしばらく留まり、旅客機がエプロンに戻ってくるのを待った。

だが用意されたのは、乗降用のタラップではなく、フォーク・リフトだった。

貨物室のハッチが開いて、誰か手伝え！　と手招きされた。フォークリフトが、木箱に収められた荷物を降ろし始める。

降ろされた荷物は、最初は冷蔵庫に見えた。だが業務用冷蔵庫にしては小さく、洗濯機にしては大きかった。

それが業務用炊飯器だとわかって驚いた。店長から、そういうものが存在するとは聞いていたが、現物を見たのは初めてだ。

しかも日本製だった。メイドイン・ジャパンのシールが貼ってある。日本から届くには早すぎる。たぶんＬＡのどこかで出荷待ちだったものだろう。

炊飯器だけではなく、業務用のパン焼き機もある。その背後には、数トンはありそうな米と、小麦の袋が続いた。一週間とは言わないが、数日は避難民全員の食事を賄えそうな量だ。しかも、これらの大型機械を、自分の店で全部使い切るのは無理だった。ピックアップ・トラック三台ではとても運びきれない。すぐ応援を出すようライバル店に呼びかけた。

ライバル店にも公平に譲るとしても、パン焼き機が二台余るので、それは避難所となっている体育館に持ち込むことにした。米は水加減が必要なので、誰でも炊けるというものではないが、アメリカ人ならパンの焼き方くらいは知っているだろう。避難民に任せるのが最適だ。

根岸は、ライバル店のスタッフに、後で米の炊き方を教えに回るからと告げて、巨大炊飯器とパン焼き機を自分の店のピックアップ・トラックに乗せた。米袋他は助手席にすら積み上げた。

ハッカネン医師は、なぜか荷物の全てが降ろされるまで救急車を待たせてそこに留まった。そして、「頑張れよ！　青年」と声を掛けて救急車で去って行った。

青年には黙っていたが、この町の状況をニックやアライに伝えるためだった。向こうがメール・チェックできるかどうかは知らないが。

根岸は、たぶんこれで、毎日二回、うちのレストランだけで白米を四〇〇食分かそこいらは提供できるだろうと思った。店長が読んでくれるかどうかはわからないが、ひとまず店長宛に状況をメールすることにした。パク夫人には、店から直接お礼の電話を入れた。必要なものがあったら何でも言いなさい。必ず手配しますから！　と約束してくれた。

前線には前線の戦いがあり、後方には後方の戦いがある！　自分たちは、今それが求められているのだと根岸青年は確信した。

こういう時にこそ、民族として誇り高い行動に出なければならないのだ。

ベラ・ウエスト中尉は、真南から進入してくるV‐22〝オスプレイ〟輸送機を見付けると、涙を溜めていったんバンカーの底に降りた。そして、キャノピー部分のフードを開けて、「パーカー！パーカー！」と呼びかけた。

「生きているなら瞬きしなさい。聞こえる？　このローター音が聞こえる？　味方機よ！」

パーカーは、弱々しく二回瞬きした。

「今、連れてくるわ！」

だが、ベラは、気は抜かなかった。前後左右に注意を払って、敵と狼がいないかどうかを確認した。そして、最後のレッドフレアに火を点けた。

「主よ！　あなたはわが神、わたしはあなたに感謝します！――」

オスプレイは、この土地より低く飛んでいた。たぶん陸上からの攻撃を避けるためだろう。最後の最後にふわりと海岸を越えると、バンカーから一〇〇ヤードほど離れた場所に着陸した。いったん兵士とメディック数名を降ろしてすぐ離陸して遠ざかっていった。

四名の、明らかに特殊部隊とみられる兵士達が四方に拡散しながら走って来る。

「狼よ！　狼がいるわ！」

「ウルフ？　それは何かのコードネームですか？」

と先頭の兵士が聞いた。

「いいえ！　本物の、四本足で走るウルフ！　犬じゃない」

ベラは、四本足で、狼が歩く真似までして見せた。

「狼だって？——」

と相手は驚きながらも、仲間に、狼にも警戒するよう命じた。一人は、明らかに狙撃銃を持っていたが、だが五〇口径銃と交戦できるようには思えなかった。

衛生兵が担架を持ってバンカーへと降りていく。

年配の男性軍医が「貴方は大丈夫ですか？」と聞いてきた。

「私は無傷です。負傷者は二〇歳代男性。足首を骨折。ただし開放骨折ではない。腹部強打。恐らく臓器損傷があります。意識混濁状態です」

「わかった。後は任せてくれ」

「無線機を貸して下さい！」

軍医は、ウォーキートーキーを持つコマンドに無線機を貸すよう命じた。ウエスト中尉はそこでパイロット経由でようやく基地に状況を報告できた。

下から五〇口径弾で狙撃されて不時着。フィリップス少佐は墜落時に死亡。シールズ隊員二名は、狙撃手を探して出発した。ただし装備は銃のみだと。狼の話はしなかった。ひょっとして日本人は狼を知らないのかもと思ったからだ。

バンカーへ降りると、メディックらが輸液を開始し、モバイル電源で、サーモ・ブランケットを用意していた。

　素早くパーカーをそれでくるみ、軍医殿が出てきた。

「腹腔内で出血が起こっている。たぶん一リットル以上。だがそれはもう、だいたい止まっている。漏れ出した血液の逃げ場所がないのでね。緊急なオペが必要だ。もう四〇分くらいで、シェミアからブラックホーク・ヘリが飛んでくると思うが、ここで回収してシェミアに戻るには、二時間は掛かる。私としては、このまま彼を連れて帰りたい。一時間で、立派な手術室があるヘリ空母まで戻れる」

「お願いします！　自分はここに残って、シェミアのヘリに拾ってもらいます」

「一人でかね？　敵の狙撃兵が潜んでいるのだろう？　それに狼だって？」

「隠れています。それにさっきはピストルで狼を追い払いました。三、四〇分なら待てます」

　軍医殿は、戻ってきたオスプレイに担架を先に乗せながら、コマンドと何事かを話し合った。

「済まない、中尉。彼らに、ここに残れるか？　と聞いたのだが、そこまでの命令は受けていないということで、君だけ一人置いて帰ることになる」

「構いません。急いで下さい」

「ピストル型のレッドフレアを置いていくそうだ！　火花も出れば、音も出る。それで野生動物は怯むだろう。せっかく助かったんだ。命を無駄にするなよ！」

「部下をよろしくお願いします！」

　ウエスト中尉は、踵をキリッと揃えて敬礼した。オスプレイが離陸し、また高度を下げ海面すれすれに水煙を上げながら沖合へと向かっていく。

　辺りはまた静かになった。ヒューヒューと風が鳴るだけの茫漠たる土地に戻った。

ベラは、コマンドが地面に投げたピストル型のレッドフレアを回収した。狼は、まだこの辺りにいるだろうかと思った。

狼を目撃したのは、あれが最初で最後だったような気がする。もちろん、戻ってくる可能性はあるだろう。今もどこかに潜んで、自分が独りになる瞬間を待ち構えているのかも知れない。どこか小さな窪みに身を潜めて、私が別の方角を向いた隙に、ほんの数ヤード疾走して、また藪に身を潜めているのかも知れない。

最後の跳躍には、何ヤード必要だろうか。ほんの一〇ヤード……。さっきのコマンドからバヨネットを一本もらい受けておくのだった。ピストルを撃つ暇が無くとも、ナイフで格闘できる。

ベラは、その照明弾の撃ち方を一通り確認してから、「までも、アメリカ人は銃よね！」と照明弾を足下に置き、右手に銃を持った。スライドを下げて、いつでも引き金を引けるよう右手に持った。

二マイルも向こうから狙ってくる狙撃銃から身を守る術はない。バンカーの底に隠れるしかないが、そうすると、今度は狼の接近に気づけなくなる。

ベラ・ウエスト中尉は、そのバンカーの手前に仁王立ちすると、山側を向いて顔を上げた。さあ、どこからでも掛かって来なさい！

アダック島基地では、日本からの無線連絡に安堵の声が上がった。機長の犠牲はあったが、全員死亡という最悪の結果は避けられた。そして、シールズ隊員二名が、敵を追い掛けているという事実は何より皆を勇気づけさせた。

アクセル・ベイカー中佐は、その情報をすぐホセ・ディアス曹長に無線で伝えさせた。

ディアス曹長とティム・マーフィ軍曹は、彼らがハマーヘッド・ピークと名付けた丘の頂上にいた。海岸からの高度は三〇〇フィート。全周を見晴らせる。

半年くらいの時間を掛けて、頂上に陣地を構築した。陣地というか、塹壕だ。頂上を掘り返し、水はけ用のパイプも通し、鉄板を乗せた屋根の上にはさらに盛り土して、上空から見てもわからないように隠した。監視用兼射撃用の隙間は、上下二〇インチ以下の隙間しかない。

その塹壕には、食料水はもとより、小便用の空のペットボトルも用意されている。食事用のテーブルすら。冬期は、その中で仮眠も取れるよう、小さなツェルトも用意してあった。つまり、それだけの空間と深さがあった。スコップを使っての手掘りで作業を始めた時は、皆に笑われたものだが、彼らシールズ隊員は大真面目だった。

ウクライナでの侵略が始まってからというもの、何が起こっても不思議ではないと思うようになった。ロシアは、しばらくは国力が落ちるだろうが、軍事経済を回すことで、それなりに復活するだろう。それ以外はダメになる。福祉も公共サービスも何もかも劣悪になるだろうが、ロシア人は耐え抜くだろうと思った。彼らはそういう民族だ。耐えることに慣れている。その痛み、苦しみが国を強くすると信じている。

事実、彼らは貧しくなったが、以前より強くなった。いつか、こういう日が来ると思っていた。アリューシャン列島へちょっかいを出す、占領なんてのはまだまだ序の口だろう。彼らは必ずやアラスカ奪還を仕掛けてくる。

自分らは、こうしてその日に備えてきた。だが国はどうだ？　と思った。アメリカはロシアの復活に備えてきたか？　残念ながら、この島の現状が、そのアメリカの覚悟の無さを物語っていた。だからこそ、ロシアはこんな島にもちょっかいを出してくるのだ。きちんと戸締まりしないから、攻めてくる。

マーフィ軍曹は、三脚の上に据え付けた大型双眼鏡で、基地側を見ていた。持参した五〇口径ライフルは、基地の南側しかカバーできないが、北側は遮るものもない。基地の兵士で応戦できるだろうという考えだった。

ディアス曹長は、椅子に腰を下ろして地図を眺めていた。

「時間を逆算すると、味方が取れるルートって、そんなに多くは無いな」

「敵は当然、稜線下の、少し高度がある所を移動したはずで、中尉らは、時々、姿を見せつつも敵の頭を抑える作戦に出たはずだ。大回りして、西か東かのどっちかへ出て。だとすると、ここまで真っ直ぐ走ってくるわけにはいかないから、たぶんそれなりに時間は掛かるだろうな」

「その双眼鏡、こっちに回そうか？　基地側は、管制塔からだって、それなりに北斜面の観察は出来る」

「了解。敵は何チームだと思う？」

「俺たちと同じで、二チームが限界じゃないか？　ヘリは日に三度も飛んでくる。それ以上潜入させたら、どこかで目撃されるだろう。それに、敵だと思って追跡していた相手が、存在を報されていなかった味方だったなんてことは、俺たちの任務でも山ほどあったよな。そういうことが起こる」

「けど、装備がないんじゃ辛いですよ。銃は持ち出せたが、望遠スコープまで持ち出せたのか？　どの道一発勝負だから、マガジンは一本あれば十分だろうが」

「俺たちが前進して、中尉と合流すると有利になると思うか？」

「いやあ、中尉はそんなこと期待してないでしょう。俺たちがここに留まって、万一、敵が抜いたら、きっちりと頭を抑えてくれることを望んでいるはずだ。ここからなら、島の反対側の海岸まで見渡せる。このラインを抜かせないのが最優先だ」

「俺たちさ、基地の警備に関して、できることは全部やったよな？」

「もちろん！ 贅沢を言えば、せめてまともな射撃訓練も施すべきだったけど、彼ら、言っちゃなんだけど、ここにカリブーを撃ちにくるハンターの方が遥かに射撃は上手いでしょう。度胸もある」

「それなんだけどさ、ここの猟期も始まったばかりで、十人を超えるハンターが先週末飛んだ最後の便でやってきた。彼ら、帰れずに島に足止めを喰らっているけど」

「あれ、自衛隊機に乗せてもらえば良かったのに」

「降りた先がシアトルじゃ洒落にならないぞ。ここに留まった方が遥かにましだ。電気も水洗トイレもあるんだから。バーで彼らと飲んだが、明らかに軍歴ありの連中もいた。彼らに協力を求めるべきだ。俺、ちょっと中佐にその話をしてみるよ」

ディアス曹長は、ウォーキートーキーで基地を呼び出し、観光客と住民から、ボランティアを募るべきだと提案した。

ウエスト中尉は、遠くに動く物影を発見した。ほぼ真北方向だ。距離はハーフマイルというところだった。二頭の狼が、ゆっくりとこちらへ向かってくる。遂に来たか！ という感じだった。

真っ直ぐは進んでこない。斜めというか、ジグザグな感じで、リズミカルに歩いていた。時々、頭を上げて周囲を観察する所は、普通の犬と同じだ。だが、ほとんどの時は、首を低く抑えて進んでくる。そのため、ぱっと見には、首のある生き物が向かってくるようには見えない。

遠くからヘリのローター音が聞こえてくる。シェミアを発ったMH‐60M〝ブラックホーク〟へリだ。彼女が操縦していたものと全く同型機だった。

近くに着陸してくる間も、ベラは、狼から視線は逸らさなかった。ずっと睨み付けていた。ヘリが着陸し、誰かが怒鳴り付けるので、ようやくそこを離れてキャビンに乗り込んだ。

シェミア分遣隊隊長のメイソン・バーデン陸軍中佐が、彼女の腕を握って引っ張り上げ、イヤマフとヘッドセットを手渡した。

シートベルトを締めた途端、ヘリはパワーを上げて上昇し始めた。

「ご苦労だった、中尉！　ニコラスは残念だったが、君は出来るだけのことをした。話は、シェミアに戻ってから聞く」

「シェミアですって？　冗談でしょう。ここにはまだ敵がいて、味方がそれを追い掛けているのに、それを上空から探せる唯一の機体のこのヘリを、このままシェミアに戻すというのですか？」

「君としては、不本意であることはわかっている。私も正直どうかと思うのだが、この東西何千マイルもある列島に、われわれのヘリはもうこの一機しかいないのだ。陸軍としては、シェミアの防備に万全を尽くせという命令だ」

「防備と言ったって、あそこは要塞ですよ？　ヘリで飛び回るまでもない。自転車で回れる小島なのに。ここに留まれないのであれば、自分をもう一回降ろして下さい！　私は基地の皆と共に戦います」

「無茶を言うな……、中尉。ようやく助かったんだぞ？」

「仲間を殺され、部下は手術待ち。お客のコマンドは敵兵を追っているのに、安全な所に下がれ、というのが無茶です！　せめて基地に立ち寄って、私を降ろして下さい。でなければ飛び降ります！　西から基地に回り込んで下さい。基地に降りるくらいの燃料は残りますよね？」

「君の輝かしいキャリアに傷を付けることになるぞ？　お父上も――」

「構いません。仲間が全てです！」

ブラックホーク・ヘリは、シェミアへのルートを取って高度を上げ始めていたが、再び水平飛行に入り、アダック島基地へと引き返した。


アクセル・ベイカー中佐は、管理棟の自分の部屋に戻ると、部下が連れてきた客人に向かって「ようこそミスター！」と挨拶して机を挟んだ椅子に座った。握手はしなかった。

「今日はお忙しいようだが、どういう用件ですか？　旅行者には外出するなという命令も出ているようだし」

と客人は、少し迷惑そうな雰囲気で尋ねた。

「ロシア人のスパイが、最低二人、島に潜入したてっきり潜水艦か何かでやってきたのだろうと思ったら、アラスカから普通に旅客機で飛んできたらしい。観光客として。とっくに島を出たと思ったら、日延べするということで、まだ留まっている。航空券やビザはどうなっているのか調べさせたいのだが、何しろ本土のシステムが全滅状態なので、何もわからない。銃を含む装備はどうやって陸揚げしたのかも。そう言えば、先々週、強風避難でロシアの船が三日ばかり港に入っていたな……。それで、単刀直入にお聞きするのだが、貴方はロシアのスパイなのか?」

「あいにく、ロシアに友人はいないな」

男は涼しい顔で答えた。

「では、アイザック・ミルバーンというのは本名かな?」

「そうだ。ミドル・ネームはあるにはあるが、使わないことにしている」

「職業は警備員?」

「正確に言えば、警備会社の顧問だが」

「陸軍、海軍どちらだ? 貴方はたぶん、二〇年前後の軍歴はありそうだ。バーで飲んだ連中がそう言っていた。それとも、何かの潜入任務を帯びてのことかね? ここに来たのは、何かに備えて?」

「うちの警備会社の客はもっぱら芸能人でね。派手だが、政府とは関係は無い」

「本国とのネットがダウンしているので、貴方の名前も会社名も検索は出来ない。貴方の身元を軍の回線で調べるにはどうすれば良い?」

短い髪に上品な口ひげをたたえたミルバーン氏は、紙とペンを貸してくれと告げると、氏名と軍時代のIDを書いた。

「回線が使えないようなら、そうだな。この時間帯だと、極東が良いか。韓国駐屯の陸軍第8軍司令官のヴァンダイク中将のオフィスに電話すると良いだろう。将軍の下で、しばらく働いていた時期がある。別に喧嘩別れしたわけではないから、私のことを覚えていたら教えてくれるだろう」

中佐は、それを部下に渡してすぐ照合するよう命じた。

「うちの防衛体制をどう思うね?」

「悪く無いと思う。改善の余地はあるにせよ。あれは、シールズが指導したんだろう？　彼らは、立て籠もって戦う部隊じゃない。侵攻し、襲撃するための部隊だ。防御陣地の構築が得意だとは思えない」

「この島へは何しに？」

「カリブー狩りに。毎年シーズンになると、辺境地帯を渡り歩く癖があってね」

「この島は初めて？」

「初めてだ。隣では無いが、シェミアは、仕事で訪れたことがある」

しばらくして、部下が呼びに来たので、中佐は「ちょっと待っててくれ」と部屋を出た。ほんの三分後、戻ってくると、メモした紙を読み上げた。

「首の後ろに平行する二本の傷。へその上にX字型の傷跡……」

ミルバーンは、首の後ろを見せ、シャツを捲って腹の傷も見せた。

「若い頃、イラクで路肩爆弾に殺られた。乗っていた仲間は、俺以外みんな死んだ。華々しい話は何一つない。あれは苦い戦争だった」

「軍のネットは使えなかった。だが、第8軍に電話して、君の名前を出したところ、忙しいと一度は断られたヴァンダイク中将が直接お出になられた。中将はしばらくデルタを率いていたらしい。ミルバーン中佐。貴方は、デルタの一個中隊を五年も率いていた。なぜ辞めた？」

「別にたいした理由はない。将軍の座を目指すのでなければ、軍隊には辞め時というのがある。そして将軍のポストは限られる。貴方はどうするんだね？」

「頭の痛い話でね。そろそろ、民間企業に送る履歴書を書かなきゃと思っている。それで、将軍からのアドバイスだ。直ちに彼を現役復帰させ、アダック基地防衛に関する全ての権限を与えよ、と。君は今、最高についていると言われたよ。デルタを率いていた男がそばにいるのだからと」

「だが、ここにいる兵士はデルタ・フォースの兵士じゃない。皆素人ばかりだ。私と同じ便に乗ってきたハンターの方がまだましだぞ。協力はしよう。ロシア兵の捕虜になるなんて真っ平だからな。だが私はもう予備役ですら無い。現役復帰させる権限は誰にもないことを覚えておいてほしい」

「それで構わない。オブザーバーとして迎える。戦闘服が必要かな？」

「銃だけは軍用が必要だが、服の類いは、着慣れた狩猟用の服やブーツで良いよ。敵の接近は確認済み？」

「いや、空から来るのか海から来るのかわからない。そもそも本当にここが目的なのかも。今はまだヘリが地上から撃ち落とされただけだ」

「時間があることを祈ろう。日没まではまだだいぶある。出来ることをやろう」

「頼む。基地と、島民を守ってくれ――」

ヘリのローター音が近付いてくる。ナイト・ストーカーのあの武装ヘリがいてくれるなら、兵隊数十人分の働きはしてくれるだろう。ベイカー中佐はそのローター音にほっとしたが、もちろん、ぬか喜びに終わった。

ヘリは、ウエスト中尉を滑走路上に降ろすと、さっさと離陸していった。アダック基地は、昔も今も、重要防衛拠点では無かった。

弾道弾を見張るためのレーダー施設があるわけでもない。それらを見張るための特殊任務機が離着陸するわけでもない。あくまでも、付近を飛ぶ航空機にトラブルが発生した場合の緊急避難用飛行場に過ぎなかった。

アダック島で墜落ヘリを発見したP-1哨戒機は、まだ飛んでいた。エルメンドルフ空軍基地を離陸してから六時間しか経っていなかった。

離陸三時間後、墜落ヘリを発見し、それからすぐ、対潜哨戒に移った。彼らのレーダー監視下で、やがてオスプレイが飛んできて負傷者を回収し、シェミアからのヘリも飛んできた。

そのヘリがアダック基地に着陸した後、シェミアに引き返した時は、少し驚いた。てっきりこのまま島に留まってパトロールを開始するのだろうと思っていたのだ。

島を囲むようにソノブイを何本か投下したが、手応えは全くなかった。そもそもが海上自衛隊は、こんな海域の海中データなど持っていない。精確な分析には、それらのデータが不可欠だった。

敵の潜水艦がいるとも言えないし、いないとも言えない。米側に説明できることは、「未だ発見に至らず」と、それだけだった。

だが彼らは、対潜作戦で出て来たわけではない。前日、アリューシャン列島を領空侵犯して飛んだツポレフTu-95RT、NATOコード、〝ベアD〟タイプと呼ばれる哨戒機を迎撃することだった。

このタイプの機体は、〝哨戒機〟とひとくくりにされるが、原則としては、海上偵察と電子情報収集機と呼ばれている。表向きは、武装はないことになっていたが、ミサイルの誘導は出来る。

昨日と同じ機体が、ペトロパブロフスク郊外のエリゾヴォ空港から発進してきた。ペトロパブロフスクは事実上、陸の孤島だ。内陸部からの道路はなく、全ての補給は海路か空路による。エリゾヴォ空港は、海空軍民航全てが使える唯一の空港だった。

ロシアは、結局の所、北極圏の開発に失敗したのだ。カムチャッカ半島ひとつ開発できなかった。

ベアの二重反転プロペラは、長距離飛行向きではあるが、速度は遅い。P‐1哨戒機は、ベアが現れるまで暇つぶししていたようなものだった。暇つぶしをどうしようかと考えていたら、実際には救難任務と潜水艦捜索で大忙しだったが。

すでに後続のP‐1哨戒機はエルメンドルフを離陸していたし、F‐2戦闘機の編隊は、空中給油機を伴ってすぐ後ろに控えている。彼らこそ大変だった。アダック島までトイレも無い戦闘機で三時間は掛かる。当然、空中給油必須。飛んできて帰るだけでも往復六時間、パイロットは独りでコクピットで過ごさねばならないのだ。

ただし、飛んでいった先に、アダック島という滑走路があるという事実は、パイロットを安心させた。そのためにも、この島は守らねばならない。同盟国だからではなく、自衛隊機の運用のためにも、守る価値がある島だった。

だが、ベアDは奇妙なルートを取った。いつもならアリューシャン列島沿いに飛んでくるのに、今回はベーリング海のかなり北側を飛んでくる。アダック島から北へ六〇〇キロも離れた場所を飛び、そのままアラスカ半島を目指しそうな飛行ルートだった。

これが何かの囮なのか、別の目的があるのか良くわからなかった。

どの道、帰還ルート沿いなので、指揮を執る遠藤は、そのままベアDのケツに付いて飛び続けた。そして後続のP‐1に、アダック島周辺の対潜活動を命じた。

目的がわからなかった。このベアDに対処するため、エルメンドルフから次々と戦闘機が上がり始める。中には、ステルスのF‐35A型機の編隊もいた。

遠藤は、戦術航空士席を立ち、頭上のパイプを摑みながら、コクピットの背後に立って左前方やや上空を飛ぶベアDを見遣った。

東の空が、やや青みを増すというか、暗く落ち込み始めていた。米本土にはもう夜が迫りつつあった。

アラスカのエルメンドルフ空軍基地を拠点に飛んでいると、昼夜の感覚がおかしくなる。白夜とは言えないが、夜はあっという間に明けるのだ。熟睡が出来ない季節は、精神的にきつそうだと思った。

遠藤は、コクピットからベアDを見上げつつ、奇異な感じを抱いて、武器員の野本理沙(のもとりさ)三曹を呼んだ。

「武器員、君に聞きたいのだが、これ昨日と同じD型だよね？　あの尾部の形状は変だと思わないか？　ソリッド・テイル型というか、このタイプは、潜水艦通信用のVLFケーブルを引いていたりするんだろう？」

「ありゃ？　昨日は気付きませんでしたね」

と野本は自筆のメモ帳を捲った。

「この機体はとにかく、長く運用されてるので、やたらタイプが細分化されているんです。電子戦型の〝ベアG〟と同じですね。あの部分だけですけど」

「ではこれは、ベアGではないのか？」

「いえ。ベアGにはお腹の膨らんだビッグバルジ・レーダーはないので、これは基本的には、ベアDです。ただし、G型と同じように、電子戦能力を付与されている可能性はあります。距離を取ることを進言します。半導体を焼かれます」

「了解した。写真を撮っといてくれ。機長、距離を取ろう！　昨日やられたお返しをされるのも敵わないからな」

「了解！　でもベアD、変針するみたいです」

哨戒機がゆっくりと南へと舵を取り始めた。この辺りで変針し、基地へと引き返すということだろうかと思ったが、ベアDはそのまま南進を続け、ウムナック島を堂々と領空侵犯して太平洋へと出た。そしてようやく西への針路を取ったが、アトカ島の二〇〇キロ南だった。

いつもとは違うコースを取っていた。戦術航法士席に戻っていると、機長の佐久間和政(さくまかずまさ)三佐がインカムで話しかけてきた。

「隊長、そろそろ引き返す時間です。これ以上追跡するようなら、アダックで燃料補給の必要が生じます」

「いや、今アダックに降りるのは拙い、追跡は二番機に委ねる。三番機ももう出たから、シェミアのレーダー・サイトに入って追跡するまで、十分に追えるだろう」

インカムに一瞬ノイズ音が混じった。何か強力な電磁波を喰らっていた。

「ベアDの電波妨害です。レーダーから通信まで広範囲な影響が出ています！」

と副操縦士の木暮楓一尉が報告する。

「了解。航法に影響はありそうか？」

「いえ。他の計器と天文で飛べます。機体から離れるのであれば、問題はありません」

「衛星通信は？」

「少し、今は厳しいんじゃないでしょうか？　でも十分な距離を取れば」

「シェミアのレーダーに入るまではまだ二時間近いが、通信は二番機に呼びかけ続けてくれ。もう下がって良いと。敵の狙いがわからないから危険だ。撤退する」

遠藤が乗る機体はどの道帰還するしかない。何かをテストしているつもりなのか。このままでは戦闘機部隊も危険だった。通信手段も限られる。遠藤は、いったん全ての哨戒機、戦闘機を後退させた。

ボリス・イオノフ・ロシア海軍航空隊中佐は、ベアDのコクピットの背後から、前方の景色を見遣っていた。すでに夕刻のはずだが、空はまだ青い。海面はすでに見えない。

ツポレフ-95RT〝ベアD〟は、どんどん高度を上げていた。電波妨害を仕掛けるほんの僅かな隙に、胴体下面の大型レーダーを使って下を覗く。洋上に船はまったくない。だが、真正面から超低空で飛んでくる大型機がいた。ほぼ北極方向から南へ向かっている。

あんな大型機でその高度を飛ぶのは無茶だと思った。空中給油ブームを装備したアントノフAn-12BP型はほんの数機しか作られなかった。

ロシア版、C-130輸送機だ。ペイロードもほぼ同じ。あちらは長寿機だったが、こちらはわりと短命に終わった。だが、量産こそ早めに終わったが、今も世界中で飛んでいる。中国はこれを元に改修機を開発してもいた。

その機体が二機、海面すれすれを飛行している。

「成功するのか？　こんなアホな作戦が！」

と機長のヴィクトル・エフゲニフ大尉が聞いた。

「戦闘機の護衛すら無い丸腰の輸送機を撃墜はできないさ。それに、日本の哨戒機も戦闘機もわれわれが追い払った。シェミアのレーダーにはまず映らない。アダック島の飛行場レーダーは、山が邪魔になって北西側は見えない。成功だよ！　アメリカはあの島を守ることには昔から関心が無かった。なぜかは知らないが……。よし帰ろう。今日の任務は完了だ。明日は、ロシアの領土がはんの少し広がっているぞ」

「あの島から石油は出ないだろう。小麦を収穫できるわけでもない。兵士の命を懸けるだけの価値があるとは思えないが……」

「そこは同感だな。場所がアラスカ本島ならともかく。だが、何事も一歩ずつだ。これで日本からの支援活動に楔(くさび)を打てる」

ベアDは、そこからようやく針路を西に取り、ペトロパブロフスクへと向かった。日本側が、この日のベアDの複雑な飛行ルートと電波妨害の謎を解明するのは後日になってからだった。単なる惑乱を超えた見事な陽動作戦だった。

二機の輸送機がアダック島に接近していることに、誰も気付かなかったのだ。

第七章　狙撃兵対狙撃兵

　ベラ・ウエスト陸軍中尉は、ベイカー中佐の元に出頭して墜落事故を報告した。

「フィリップス少佐の死亡は残念だった。ことが落ち着いたら、遺体の収容に向かう。ヘルナンデス特技兵は、今手術中のはずだが、容体に関する報告はない。シールズの二人の隊員に関しても。それで、通常なら、簡単な任務報告書を認め、医師の診断とカウンセリングを受けて、今日は休め、と言いたい所だが、敵の上陸が迫っている。君も、まずアサルト・ライフルとマガジンを持て！　残念だが暗視ゴーグルの類いはない」

「はい、司令官。最後の一人まで戦いますか？」

「いや。そんな必要は無い。ここは見捨てられた基地だ。勝ち目が無いとわかったら明け渡すことになるだろう。だが、まず島民と観光客を守る必要があるしな。とにかく、君はやるべきことをやった。生き残れるよう最善を尽くそう」

　ベラを促して自室から出ようとすると、迷彩服に身を包んだアイザック・ミルバーン中佐が現れたので紹介してやった。

「ここにはドローンはないのかね？」とミルバーンが聞いた。

「基地のは墜落したままで補充は無い。子供達からパイロットごと借りようかと思っている。クアッド型のおもちゃだが」

「では、仲間が持ち込んだ狩猟用のドローンを飛ばすことにするよ。ただ、パイロットがいるなら協力が欲しい。われわれは操縦よりも撃つ側に回った方が得意なのでね」

「わかった。では、ウエスト中尉。彼の指揮下に入れ。元デルタ指揮官だ。陸軍同士で言葉も通じるだろう。どこでドローンをコントロールするかも含めて、全て君たちで決めて良い。無線機を忘れるな！」

ウエスト中尉は、ウォーキートーキーを一台と、M・4カービンを受け取り、ミルバーン中佐の後に続いた。

二人は管理棟を出て、ハンターを運ぶためのレンタカーのピックアップ・トラックに乗り込んだ。

「貴方を何と呼べば良いのですか？」と中尉は後部座席に乗り込みながら尋ねた。

「中佐でも良いし、アイザックでも、ただのミスターでも構わないよ。ところで中尉。君が十三歳の時に書いたラヴレターを父親に見つかった時……」

「はあ？……」とベラは口をあんぐりと開けた。

「そこから先のことは聞いていない。ただ、この件は、母親も知らない父と娘の秘密だと聞いた。私は、ここにカリブーを狩りに来て、この状況に巻き込まれたことになっている。表向きはな。事実は、お父上から、君の警護を頼まれた」

「そんなの無理でしょう？　貴方がこの島に入ったのは、国が四分五裂する前のこと。ロシアなり中国が攻めてくるなんてことが、父にわかるはずもない」

「お父上は、上院軍事委員会の重鎮だ。ロシアにも友人は多い。察するに、耳打ちされたのではないかな。それで私が雇われ、何かあったら、君を島から連れ出して避難させるよう命じられた。相談を受けたのは一ヶ月前のことだ。ところが、いざ作戦を立ててみると、真夏でも、この島から脱出するのは容易ではない。小型のボートで脱出しても、モーターが壊れでもしたら、そのまま何週間も漂流する羽目になる」

「父は生きているの？」

「さあ。議会関係者がどこに避難しているのか聞かされていない。ここの状況をお父上が察知するなら、君一人を救出するために、DEVGRUが派遣されることだろう。ネイビー・シールズ最強のチーム6が。私の当面の任務は、彼らが投入されるまで、君の安全を確保することだ」

「貴方にとって優先するのは、そんなちっぽけなことなの？」

「任務は任務だからね。もちろん、ここのみんなも心配だ。だから、君を警護しつつ、島の防備にも貢献したいと思っている。協力してもらえるかな？」

「条件があります。私のことを、ただの兵士として扱うこと」

「ならば、せめてヘルメットと防弾チョッキくらい着るべきだな」

「防弾チョッキなんて隊員の人数分もあるわけないでしょう」

「ベイカー中佐は君の正体を知らないのだな？」

「ええ。母方の姓を名乗っているし、私の立場を知っているのは、シェミア分遣隊隊長のバーデン中佐のみです」

「なんで彼は、せっかく助けた君をここで降ろすなんて無茶をしでかしたんだ？　お父上の耳に入ったら、首だぞ？」

「彼と、最初に約束しました。特別扱いはしないと。そして、もしこの約束を守ってくれるなら、貴方の将来は明るいものになるだろうと。父のことは尊敬しています。でも、ナイト・ストーカーズに配属されたのは私の実力だし、軍人としての責務は果たします」

「わかった。われわれもそういう関係で行こう。正直、議会重鎮のお嬢様がこんな辺境地帯でヘリ・パイを務めてると聞いて、どんなじゃじゃ馬だろうと思ったが……」

「さあどうかしら……。でも私は、ロシア人がドアの向こうから突然現れても、躊躇わずに引き金を引きます。機長のフィリップス少佐には、二人の娘さんがいた。私は、葬式に出席して、必ず『お父上の仇は討った！』と報告する。そう誓いました。それまでは、絶対に生き延びてみせるわ」

ミルバーンは、町の南の港まで車を走らせた。そこでは、すでに装備を身に纏い、ドローンが入ったザックを背負った部下四名が別のピックアップ・トラックで待っていた。

ミルバーンは、その仲間を紹介した。

「全員、デルタ時代の私の部下だ」

「それで、作戦は？」

「まずは、上陸してくる敵の出方を見る。規模と、目的。単に基地や町を焼き尽くすのが目的なのか、それとも基地の接収と再利用が目的なのか。あと、その目的のための規模だな。規模としては、最大で一個中隊だろう。焼き尽くすのが目的であれば、ミサイルを撃てば良いから、私は接収が目的だと思う」

「父がこの状況を知ることが出来たら、増援は来るかしら？」

「大部隊での増援はない。さっきも言った様に、ごく少数の精鋭部隊が潜入し、捕虜収容施設から、君だけこっそりと救い出して逃げることになる」

「私たちは、基地を守り切れるかしら」

「シールズが四名、デルタが五名。それなりの戦いはしてみせるが、希望的観測を言える状況では無いな。ドローンを飛ばせる位置まで移動しよう」

二台の車に分乗して、滑走路南側を回り込んで町の西側へと向かった。

その様子を、ハマーヘッド・ピークの塹壕から、ホセ・ディアス曹長とティム・マーフィ軍曹が単眼鏡で見下ろしていた。

女性が誰かはすぐわかった。飛行服姿なので、ウェスト中尉だ。だが問題は、彼女に同行する男たちだった。

「あいつらさ、先週の便で入って足止めくらった観光客だよな？　一人二人はハンターだが、残りは、ただの秘境マニアのはずだ。ドローン持参らしかったが。バーで何度か飲んだのに……」

今、その彼らは、人数分の銃を持っていた。明らかに基地の装備ではなさそうな狙撃銃らしきものも見えた。銃にはぼろ切れが巻いてあった。狙撃手はよくそうするが、ハンターも最近はそうやって銃をカムフラージュする。

「あれ絶対、猟銃じゃないぞ」

「イーライが、あいつら変だと言っていた。でも海軍じゃないぞ……。海軍ならわかる」

「デルタだ！……」とディアス曹長が言った。

「あの装備の担ぎ方はデルタだ」

「海兵隊ならともかく、なんで海軍基地を守るために陸軍のデルタなんだ？」

「さあ、それはわからないが。あのサイズのドローン・ザックだと、それなりの大きさのドローンだろう。どこに陣取る気なんだ……」

二台のピックアップ・トラックの最後に運転席に乗り組もうとした男が、こちらを見て一瞬手を振るのがわかった。

「チッ！　あいつら、この陣地にも、俺たちのことにも気付いてやがる。馬鹿にしやがって」

「連中の別荘が決まったら、連絡を取り合って調整した方が良いな。でも、ウエスト中尉が同行しているということは、狙撃兵の存在は認知しているだろうから――」

「奴らが見付ける前に俺たちが倒す！」

「そうだな。デルタが張る罠に、敵がはまらないことを祈ろう」

二人は、再び南側の監視に戻った。

ミルバーン中佐は、まだ道が尽きる手前で、車を捨てさせた。長いこと使われていない資材置き場の陰に車を入れさせると、いったん、ピックアップ・トラックの荷物をほぼ全て降ろさせた。

食料や防寒着、陣地の上から被せるカムフラージュ用のバラクーダ・ネットまであった。

ウエスト中尉は、すこしダブダブだったが、上下の防寒着をそこで着込んだ。そして、道を外れて斜面を登り始めた。

この季節でも、下生えはせいぜい踝程度しかない。殺風景ではあるが、どこへ行こうにも歩きやすい場所だ。それなりの装備が必要なのは、北のモフェット山くらいのものだ。

道中、ウエスト中尉は、起こったことを詳細に語って聞かせた。狼と遭遇したことも含めて。

「その話は、バーでも噂になっていたな」

皆から〝モンキー〟と呼ばれている黒人男性が話した。彼らは本名は名乗らないが、年齢的に、この〝モンキー〟がチーム・ナンバー2らしい。たぶん曹長か何かだろうと思った。

「でも、島民の認識としては、ハンターが連れてきた猟犬が逃げ出して、それが野生化したんじゃないのか？　ということだった。俺は変だと思ったけどね。猟犬なら、腹が減れば勝手に町に戻ってきて、誰かに餌をねだる。ここじゃ、野生の食い物と言えばカリブーしかいないのに、いきなり襲わないだろうから」

「でも、狩りの仕方は覚えていたわ。一頭が正面に現れて注意を引いている隙に、もう一頭が真横から忍び寄っていた。ぞっとしたわ。けが人を抱えていて、血の気が引いた」

「俺は信じるよ」と〝タイガー〟と呼ばれた男が言った。眼鏡を掛けた彼がドローン担当のようだった。

「南側の保護区にドローンを飛ばした時、ほとんどカリブーがいないエリアがあった。まさに、中尉の機体が墜落した辺りです。でも事前の情報では、あの辺りの生息数が一番多いはずだった。その時はどうしてだろうと思ったのですが、狼がいると聞いて納得できた。たぶん、食い尽くされたか、カリブーがそこから逃げたということでしょう。そういう理由なら納得できる」

「どうだ？　〝ウルフ〟。君はどう思う？」とミルバーンが聞いた。

〝ウルフ〟と呼ばれる東洋人は、チームで一番若かった。小柄だが、全身から精悍な雰囲気が溢れている。ボクシングでもやっていそうな雰囲気だった。

「ウルフは、好奇心旺盛な動物です。そこは犬と同じだが、同時に警戒心も強い。だから、民家が多いこっち側には、どっちにしても近付かないと思いますよ。人間は、場合によっちゃ襲撃されるでしょうね。弱いと見られたら、そこは容赦はしない。中尉は、そんなに弱々しくは見られなかったということです」

もう一人、〝ムース〟と呼ばれる白人男性がいたが、こちらは滅多に口を利かなかった。たまに返事をするくらいだ。

ウエスト中尉は、また父親が余計なことをしてくれた、と怒っていたが、少なくとも彼らは、今ここに必要な戦力だと言えた。


墜落したブラックホーク・ヘリから脱出したマシュー・ライス軍曹とイーライ・ハント中尉は、間違い無く敵に先んじたと思った。敵より先回りして基地側に戻ってきたと確信していた。

それは特殊部隊兵士としての勘であって根拠があるわけでは無かったが、自分たちの背後に敵がいる可能性は考えなかった。

事前の作戦通りなら、残る二人が自分たちをカバーできる位置に展開しているからだ。この両者に気付かれることなく、その間の空間に入り込むことは不可能だった。

二人は、完成したギリースーツを身に纏い、なだらかな稜線のピーク手前に陣取っていた。

狙撃手のライス軍曹は、バイポッドを立て、露出した岩の上に銃口を置いていた。彼が使う銃は、マクミランのTAC338狙撃銃。ラプア・マグナム弾を使う狙撃銃としては、極めて軽量で、かつ最も有名な狙撃銃だった。

クリント・イーストウッド監督で映画にもなった、〝ラマーディの悪魔〟こと、シールズ隊員だったクリス・カイルが愛用した狙撃銃として知られる。彼はこの銃を使い、二一〇〇ヤード（一九〇〇メートル超）もの超長距離狙撃をやってのけた。

五〇口径弾の狙撃距離としては、二〇〇〇ヤードの狙撃は最早珍しくもなくなったが、ラプア・マグナム弾での狙撃としては、今も記録的な距離だった。

イーライ・ハント中尉も、その隣、五ヤードほど離れた所でギリースーツを被っていた。スポッター役の彼は、本来ならレーザー・レンジ・ファインダーで、周囲の目標物との距離や高度差を出さねばならない。だが、それは今、手元に無かった。

「最近のレーザー・レンジ・ファインダーってさ、割と小さいよね？」

「それを今言うか……。軍用は結構でかいぞ？」

「日本製ので良いだろう。百ドルもしない。タバコの箱よりちょっと大きい程度だ。胸ポケットに楽々収まる」

「次からは、予備として身につけておくことにするよ」

風が強いせいで、地面が波打っている。良くない兆候だった。狙撃手は、こういう天候も利用する。風にそよぐ草木を利用して移動するのだ。

正面、やや見下ろせる場所に、赤茶けた岩が露出していた。二人はそれを〝キャンパス〟と名付けていた。いかにもどこかにありそうな大学のキャンパスの煉瓦色の建物に見えたからだ。

そこまでの距離が、約二〇〇〇ヤード。そこは尾根と尾根を結ぶ鞍部になっている。自分たちも通ってきた。敵はそこを通るしかない。身を潜められる場所はない。草むらもなければ、木陰もない。どうやって敵がそこを通るか見物だった。

二人は、前方を警戒しつつ、敵が両翼へ回る可能性にも常に注意を払っていた。可能性としては五分五分だ。

「あの距離、撃てると思うか？」と中尉が聞いた。

「まず目測距離が不正確だ。そして風の強さも一定じゃない。的が、直径六インチの円盤なら、その的のどこかに掠められる確率は四〇パーセント前後だろう。正直、初弾を当てる自信はない。敵が動かなければ、二発目を当てる自信は七〇パーセントか」

「結局、シェミアのブラックホークは帰ったたってことだよな?」

「そりゃそうだろ。ここよりあっちの方が重要施設だ」

「もし、為す術無く基地が占領されたり炎上したらどうする?」

「俺たちは、弾すら持ってない。まずは、仲間との合流を優先させよう。ハマーヘッド・ピークに向かうが、あそこは基地から丸見えだ。〝サウスコル〟に向かおう。食料も弾もある」

「あそこも基地から丸見えだ」

「じゃあ、モフェット山の〝ヒラリー・ステップ〟だな」

ギリースーツの下で、マシューが笑うのがわかった。

「言っておくが、このバックアップ・プランを考えたのは俺じゃ無いぞ、たぶん二人くらい前のチーム・リーダーだ。俺なら、ここより南の自然保護区エリアに、もう一箇所デポを作ったね。そこなら基地から離れているから敵から発見される恐れも無い。でも、ハマーヘッド・ピークは良いと思わないか?」

「ああ。あれは良い。できれば、基地の北側にももう一箇所作っておけば、小隊規模の敵が攻めて来ても、狙撃しまくれた」

二〇〇〇ヤード向こうの稜線上に、カリブーが一頭現れて辺りを窺った。だが、そのカリブーのメスは、何かに急かされるかのように、突然駆け出して姿を消した。

しばらくして、別の生き物がその稜線上に現れた。単眼鏡を持つハント中尉には、犬のように見えた。シェパードとか、そんな感じの生き物だ。猟犬に見えなくもなかった。

「マシュー、何だあれは……」

マシュー軍曹は、しばらく観察してから「わかんねぇ……」とぼやいた。

「餌が豊富なこの時期の狼にしては、少し痩せているような感じがする」

「餌が豊富と言った所で、カリブーしか食うものはないんだぞ？　たとえ子供が相手でも、母親は必死で抵抗するだろう。カリブーが子育てするか聞いてないが」

その狼だか野犬だかは、ゆっくりと草原を降りてこちらへ向かってくる。数歩歩いては止まり、辺りの気配を観察しながら進んでくる。餌を探しているのだろう。カリブーではない。もっと入手可能な小動物を。

案の定、モグラだかネズミだかがもそもそ動くのが見えた。下生えが動いた。アリューシャンシールドシダだ。絶滅危惧種で、もちろん勝手に取ってはならない。だが彼らはギリースーツの飾りとして編み込んでいた。最高のカムフラージュグッズだった。

狼が、飛びかかろうと前傾姿勢を取った。だがその瞬間、まったく意外なことが起こった。その、何かの小動物が潜んでいると思われる薮が動いたのだ。草ごと動いた感じだった。

そして、何かが二度光った。すると狼は一瞬たじろぎ、そこから走り去っていった。

「見たか！——」

「いや、なんだ？」

中尉はまた腕時計の秒針を読んだが、音は聞こえなかった。発砲音は聞こえてこなかった。

「敵だ！——」

「どこにだ？　すまん、俺は霧に気を取られていた」

アダック島名物、年間一七〇日は出る霧が西の山脈から近付いていた。

「たぶんピストルのマズル・フラッシュが二発。銃声は聞こえず。サプレッサー付きかも知れない。集中しろ。相手は、態勢を立て直すはずだ」

そうは言っても風があるせいで、地表のありとあらゆるものがそよいでいる。

ハント中尉は、もう一人を探した。近くにもう一人が移動しているはずだ。

「馬鹿な！……、稜線の鞍部をもう三〇〇ヤードは下っているぞ。その間、俺たちは気付かなかったというのか？」

「そういうことだな。あいつら、うちのスナイパー課程を最優秀成績でクリアできるぞ」

軍の狙撃スクールでは、ギリースーツを着用しての実技テストがある。それは普通、それなりのブッシュで行われる。ほぼ裸状態のギリースーツを与えられた生徒たちは、先輩スナイパーらがありとあらゆる光学レンズで待ち構える場所まで、そのギリースーツを完成しつつの前進が命じられる。一定距離を一定時間内に。前半で発見された者は、脱落者となり、荷物を纏めて原隊に戻される。狙撃兵としての忍耐力が試されるテストだった。

「もう一人がいないぞ……」

「ああ、わかったわかった。見えた！　今、姿勢を戻した。長物の形状が一瞬わかった。スゲーな！　あいつら。そこを通るとわかっていたのに、俺の眼をごまかしやがった。準備する」

「もう一人を探している……」

あっという間に霧が出て来て、時々目前を遮るようになった。

「もう待てない。霧が張る前に撃つぞ！」

「了解！　やれ！――」

ハント中尉が耳栓をしようと思った瞬間、マシユーは引き金を引いた。手応えは無かった。弾は霧の中に吸い込まれていった。その霧はほんの十数秒で一回晴れたが、そこに人間がいた気配はすでに無かった。命中した実感も無かった。

「もう一人の居場所がわからなかった！」とハントが嘆いた。

「一人じゃないのか？」

「そんなはずはない。相棒がいるはずだ。でなきゃこんな島、退屈さの余りに自分の額を撃ち抜く羽目になるぞ」

「どうする。俺の弾は当たらなかったし、敵は俺たちに気付いた。この霧は当分晴れそうに無いし」

「もう少し下がろう。そうすれば、俺たちはハマーヘッド・ピークのカバーエリアに入る。無線機くらい誰かが持ってきてくれるかも知れない」

「急いだ方が良い。敵はこの霧を利用して走ってくるぞ！」

二人は、ギリースーツから首を出し、走り出した。装備は銃だけだ。自分らの方が速いという自信はあった。

マクシム・バザロフ伍長とレナート・カラガノフ軍曹は、それぞれ銃の他に二〇キロ近い荷物が入ったザックを背負っていたが、霧の中を黙って走り出した。

ほとんど交わす言葉は無かった。狼が現れるまでは、何の問題も無かった。敵の姿は見えなかったが、どこに潜んでいるかはわかっているつもりだった。肉薄できるつもりでいたが、狼という邪魔が入って失敗した。

霧のせいで視界は二〇メートル前後しかない。だが時々前方の稜線が見える。それで自分の居場所はわかった。

荷物を背負い、銃を胸に抱いた状態で、二人は斜面を登り始めた。これが平和な時のハイキングなら、どんなに気分が良いだろうと思ったが、これは仕事だ！　それも生きるか死ぬかが懸かった任務だった。狙撃兵の仕事は、殺るか殺られるかだ。

高度計を見ると、すでに二〇〇メートルを超えていた。三〇〇メートルのピークまで登れば軍港が見えるし、何より自分たちを撃った敵が見下ろせるはずだ。

バザロフ伍長は、カラガノフ軍曹より先にそのピークに着いた。高度計では、ここがピークだ。北側に出ればまたなだらかな下りになる。ここで決着を付けるしか無い。ほんの一瞬でも、霧が晴れてくれれば良い。移動している敵の背中が見えるはずだった。

チェイタックM300のバイポッドを立て、呼吸を整えつつ、霧が晴れるのを待った。

となりに軍曹が滑り込んでくる。そのままだと目立つザックを降ろして、ギリースーツの下にたくし込んだ。

「とんだ伏兵だったな。狼に付けられていたなんて」

「霧が晴れそうか西の空を見てくれ！」

「奴ら、下がったと思うか？」

「攻撃が失敗して、なお霧も晴れないとなれば、いったん基地に戻るだろう。ちょっと変な感じはするが……」

「何がだ……」

「さっき一瞬晴れて、港側が見えた。この眼の前、もう二キロ向こうまで道路は来ている。普通なら、捜索隊の車が何台も出ていておかしくないのに、一台も見えなかった。シェミアのブラックホークは引き返したみたいだし、何がどうなっているん

だ？」

「港は見えたか？」

「いや、そこまでは見えていない」

「さっきの攻撃、着弾から発砲音まで長かったよな。だが五〇口径弾の音じゃ無かった」

「ラプア弾だろう。俺は、TAC338だと思うね。俺のチェイタックの方が性能は上だ。その腕を見せてやる」

「晴れそうだぞ……。あと、たぶんほんの二、三分でいったん晴れる。たぶん一瞬だがな」

「その間に意識を集中する」

バザロフ伍長は、瞼を閉じ、呼吸を整えながら意識を集中した。イメージ・トレーニングだ。ギリースーツを羽織った敵に対して、背中から一発だ……。

少しずつ、霧が晴れてくる。カラガノフ軍曹が、双眼鏡で眼下を観察した。少しずつ、緑色の地表が見えてくる。平和なら、全く見事としか言いようがない絶景だった。

その下を二人の男が走っていた。ジグザクに走っている。一応、背後から撃たれることは警戒しているようだった。

軍曹がレーザー・レンジ・ファインダーを出して測距した。

「距離、一六七〇メートル。高度差二四五メートル。風、西北西から四ノット。風が少し強いぞ」

風があるが、高度差も距離も、難易度としては中くらいだ。伍長はミル調整し、狙撃銃を両手に持つ男を狙った。首筋の感じから黒人だとわかった。

のろまな奴らだと思った。あれが自分たちなら、もう一キロは先を走っている。

引き金を引いた。銃声が霧の中に吸い込まれている。だが命中はしなかった。男が走り過ぎた、すこし後ろに着弾した。

その途端に相手は針路を変えた。

「そうだ……、男よ、立ち止まるんじゃないぞ。立ち止まった時が貴様の最期だ……」

自分たちに対して斜めに走っている。良い回避方法だ。さらに、相手は幻惑してきた。

もう一人の仲間が、男と交差するように走って来たのだ。望遠スコープで覗いていた伍長の指が微かにぶれた。一瞬、その男を追い掛けようとしてしまった。

さすがシールズの狙撃チームだ。狙撃兵を幻惑する術を心得ている。

気を取り直して狙いを定める。引き金を引こうとした瞬間、眼の前で何かが弾けたような気がした。泥が跳ねて一瞬、望遠スコープが曇った。五秒以上遅れて発砲音が届いた。

自分たちが狙われていた。撃たれていた。


「奴ら、囮だ！――」

伍長は、すぐ後ずさった。

「どこから撃たれた！」

「たぶん、港の手前だと思う。あの辺りでマズル・フラッシュを見たような」

「こっちは間違い無く五〇口径弾だったぞ！　基地に残った奴らだ。いったん下がるぞ。この霧を利用して下がるしかない。俺たちの任務は果たした。だろう？」

丘の頂上を降りながら、カラガノフ軍曹は、北の方角を見遣った。モフェット山の五合目辺りで、何か粒状のものが無数に見えた。パラシュートの群れだ。

ようやく本隊が到着したのだ。この戦争、恐らく日没前には決着がつくだろうと思った。山の反対側からでも、基地まではほんの一〇キロしかない。しかも観光客向けのピクニック・ルートも綺麗に整備されていた。

この島には、戦時中の対人地雷が埋められた危険地帯もあったが、あの辺りは安全だ。空挺兵ならほんの二時間で走ってこられる。守るのはマガジンの交換も一人では出来ない素人集団に過ぎない。

始まる前から勝負は着いていた。賢明な基地司令官なら、始まる前に白旗を振って出迎えるだろう。

「俺たちの出番はもう終わったな？」と伍長はサバサバした顔で言った。

「基地がさっさと降伏するならな。そうでなければ、基地を見下ろせる場所から、シールズが仲間を撃ち降ろしてくるだろう。俺たちは、そいつらを背後から倒す仕事がある。狙撃兵の背後には、また敵の狙撃兵が潜んでいるものだ」

「そういうものだな。いったん場所を変えて休憩しよう。それとも野営地に戻って、明るい内に寝とくか」

「その検討も含めての休憩だな」

霧がまた濃くなってきた。島のあちら側は、内陸部ほどの霧は出ない。空挺兵が無事に降下できたことを祈った。

アダック島施設管理隊司令官のアクセル・ベイカー海軍中佐は管理棟の窓から、優美なモフェット山を見上げた。

「何機だって？」

「彼らが見たのは一機だったと言っています。山のわりと東側ですね」

と副司令官のランドン・ロジャース少佐が答えた。

「観光客の目撃証言だよね？」

「ですが、複数です」

「ここのレーダーを避けるとしたら、降りるのは西斜面だろう？」

「向こうにも降りた可能性があるでしょうね」

「けど、この周辺は、自衛隊の哨戒機がずっと警戒していたわけだし……」

「少なくとも、空域監視用のここのボロっちいレーダーには、一時間前から自衛隊機は映っていません。さっき、ベアDからかなりきついジャミングを喰らったとかで、いったん下がったようです」

「その編隊というか、輸送機がペトロパブロフスクに引き返すとしたら、シェミアのレーダーに捕捉されるだろうから、それが来たということはわかるだろうな。二時間もすれば、兵隊がそこに現れるだろうが。シェミア基地に、帰投する輸送機があるかどうか聞いてくれ。後、山側から敵が来るなら、民間人は港側に避難させるしかないな」

「アラスカの合同軍司令部に報告しますか？　敵らしき空挺部隊の降下を確認したと」

「すべきだと思うか？　したところで、あいつら、それは司令官自らが肉眼で確認したのか？　と言ってくるのが落ちだぞ。まあ、敵が現れてからで良いだろう。見晴らしが良い場所に、双眼鏡を持った兵士を上がらせてくれ」

「東西滑走路の北側にも、いくつか阻止線は作りました。兵を向かわせますか？」

「的になるだけだ。止めておこう。施設が多いこちら側と、滑走路を挟んで対峙した方が安全だ。ランドン、率直に言ってほしいが、私は消極過ぎるかな？」

「いえ。自分は、中佐殿が白いシーツを振り回して敵を歓迎したとしても、軍法会議の場で擁護します。この島は見捨てられた。守れたのに、誰もそうしようとはしなかった。スティンガー・ミサイル一発、送ってくれなかったのですから。何が起ころうと、責めを負うべきは上層部であって、現場のわれわれではありません！」

少佐はきっぱりと言い切った。

「有り難う、犠牲を最小にしつつ、できることをやろう。少しでも時間を稼ぎ、誰かが助けにくるまで持ち堪えよう！」

たぶん、誰もこないだろうことが問題だったが……。救援はないだろう。米本土はもう夜だ。ただでさえ治安も政治も崩壊した中で、深夜に起こされて、聞いたことも無いアリューシャン列島の小島の防衛がどうのこうのと陰気な話を聞かされたくはないだろう。政治家だろうが軍人だろうが……。

せめて、白旗が白旗だとはっきりわかる明るい時間帯に決着がつけば良いが。要は、こちらは決して無抵抗では無かった。いちおうの抵抗は試みたのだという証拠さえ残しておけば良い。

ハント中尉とライス曹長は、ハマーヘッド・ピークへと登り、ようやく仲間と再会して抱き合った。

まず栄養ドリンクを飲み、エナジーバーを齧りながら互いの状況を報告し合った。

「モフェット山の北西側に空挺降下があったという話だ。霧のせいもあって、ここからは確認できていない」

マーフィ軍曹が、報告すべき事柄をメモした順に読み上げた。

「空挺なら予想した通りの場所だな。基地のレーダーのブラインド・ゾーンだ」

「それと、なぜかわからないが、デルタが入っている。ウエスト中尉が同行して、西の方角へと消えて行った」

「デルタが？　ああ！　やっぱりあの連中だろう、バーで会った。怪しいと思ったんだ」

「指揮官らしき男を含めて五名です」

「俺たちと二チームで攪乱はできるな。シェミアからさ、せめてもう四名派遣してほしいよ。それで戦力が膨らむ。敵の銃は何だと思う」

「ラプア弾じゃないと思う。かと言って、五〇口径弾でもない。ロシア製の何かの対物狙撃ライフルという可能性もあるが、俺はチェイタックに賭けるな。チェイタックM300なら軽いし、五〇口径弾ほどの射程距離を稼げる」

ディアス曹長が言った。

「一発だぞ？　たったの一発でブラックホークが墜ちた。何か特殊な弾だったのかも知れない」

ハント中尉は、ブーツをいったん脱ぎ、靴下も脱いだ。代えの靴下が何足も壁に作ったラックに真空パックされて仕舞われていた。クリームを丹念に塗り、乾いた靴下を履いた。

「食い物より、乾いた靴下の方が嬉しいや！　あと、狼を見た。確信は持てないが、あれはたぶん狼だったと思う。すぐそこまで来ていた」

「そいつを無傷で捕まえてロシア兵の中に落としてやりたいが。イーライとマシューは、一時間くらい休んでくれ。敵の出方を見よう」

「そういうわけにもいかないぞ。基地の兵士は、マガジンの交換方法すら知らないんだから。俺たちは装備を揃えて基地に戻る。君らはこのままここで援護してくれ。そのデルタとは連絡は取れるのか？」

「ウエスト中尉は腰にウォーキートーキーを持っていたよ」

「命からがら助かったというのに、何考えてんだか。なんでシェミアに戻らなかったんだろうな。あと、狙撃兵には注意してくれよ。奴らは本当に、できる狙撃兵だ！」

ハントとライスは、その場に一五分と留まることなく、丘を降りて基地へと向かった。まだ敵は見えなかった。霧が出ているせいで、ハマーヘッド・ピークの大型双眼鏡でも、モフェット山から延びてくる道路は全く見えなかった。

この霧が、攻める側守る側、どちらに味方するのだろう、とハントは一瞬思った。

第八章　霧の中の狼

ロシア極東、ウラジオストクから北へ一〇〇キロの要衝ウスリースクに拠点を置く東部軍管区隷下の第83親衛独立空中襲撃旅団は、ウクライナの戦場で手痛い打撃を受けた。

前線部隊を率いる大佐クラスの指揮官が次から次へと戦死を遂げ、部隊の損耗率も酷いものだった。

彼らは、空挺兵としてではなく、辺境地帯の陸兵として戦った。何もかも勝手は違い、戦場に着いて三日目には、この戦争は勝てないと確信するようになった。

部隊行動が取れなくなるまで疲弊損耗し、戦場からようやく後退した後も、部隊の立て直しには何年も掛かるだろうと思われた。いや、部隊そのものが無くなるのでは？　と誰もが思った。

再建途上の部隊は、まだ完璧にはほど遠いが、少なくとも人員は揃えられた。一通り空挺降下も皆経験した。だがもちろん、戦場はもう懲り懲りだった。

しかし、時間が経つと、本物の戦場を知っているベテランは引退し、士官は異動していなくなる。そして部隊には、輝かしい歴史と、輝かしい戦場での奮闘の記録だけが遺産として残り、語り継がれた。

敵の砲撃で両手を失った兵士や、地雷で両足を失った者、爆風で両眼を失明した者たちは、軍を去り、社会からすら消え、存在しない何者かになる。それがここロシアだ。

そして、新たに任命された指揮官たちは、次の戦場に備えて若者を煽り、訓練に励み、ウクライナの戦場で勇猛果敢に戦い、輝かしい戦果を上げたことになっている部隊を鍛え直した。

ありとあらゆる手段を使って奇跡的にも生き残り、そこで起こったことを記憶の奥に仕舞い込んだ古参兵たちは、下士官として出世し、技術と栄誉を若い世代に伝える。

彼らには、そこで生き延びる術しかなかった。そして、軍隊という所は、そういう少し鈍感で、狡猾で、外の世界では通用しないモラルの持ち主にも居場所を与えてくれる。

ロシアの軍隊とは、今も昔もそういう所だった。

なので、彼らにとっては、次の戦争の相手が、アメリカだと報されても、取り立てて危機感を感じることはなかった。ＮＡＴＯとの戦争はとっくに始まっていたし、アラスカという大地にどれほどの価値があるのかも疑問だったが。

カムチャッカ半島に道路一本引けないロシアが、その大地を手に入れて使い道があるかどうかは疑問だった。資源なら、まだまだ国内にある。それはシベリアの大地に眠っている。

そのアラスカ攻略の手始めとして、アリューシャン列島のアダック島という、聞いたことも無い島の名前が出た時も、現場部隊の下士官たちはピンと来なかったが、この手の作戦は、軍大学を出て、一生モスクワから出ることもないエリート連中が考えるのだ。それなりの理屈はあるのだろうと思うしか無かった。疑問は抱かなかった。

ウクライナへの侵攻に現場の兵士が疑問を抱い

た所でどうなるものでもない。それと同じだった。

第598独立空中襲撃大隊のパベル・テレジン曹長は、着地後斜面を転がったが、やがてパラシュートが萎むに任せた。風は山側へと吹いており、それ以上流される心配はないことはわかっていた。

若い兵隊がその斜面を上へ上へと引っ張られていくので、パラシュートの端を摘まんで畳んでやった。

大隊長のニコライ・ゲセフ空挺軍大佐はまだ若く、明らかに経験不足だったが、指揮官が戦死しまくったこのロシア軍にあっては、まともな指揮官の方だろう。少なくとも夜中にピストルを抜いて、飲んだくれて兵舎に殴り込んだりはしない。

顔を上げると、輸送機が大きく旋回して北西へ飛び去っていく。しばらくして、僚機がそれに続くのがわかった。

山の上から、大隊長が降りてくる。

「第635独立空中襲撃大隊も無事に降りたようだな」

「はい。まあ、実際は中隊にも満たない規模ですが……」

「あんな小さな機体に百人も詰め込んだんだぞ。それで飛んでいたのは一〇時間か？　せめてもう一機用意すべきだったよな」

「しかし、大佐殿の読みは当たりましたね。日本もアメリカも、ただの輸送機を撃墜するような無茶はしないと」

「はっきり言って、最大の障害はもう越えたようなものだ。後は山を降りて、基地の司令官に挨拶して、降伏を勧告するだけで良い。何にせよ、ここはウクライナじゃない。玉砕覚悟で戦うほど彼らもバカではないだろう」

「霧もほどよく出て来ました。天気もわれわれに味方してくれるでしょう」

「みんなさっさとパラシュートを畳め！　山頂まで飛ばされるぞ！」

と大佐は、声を張り上げた。そして空を見上げた。何の音も聞こえない。山肌を這い上がる風切り音だけだ。つまり自然の音だけ。

「ドローンのモーター音が聞こえないのが、こんなに快適だとはな。向こうにはドローンはない。迫撃砲もない。野砲もミサイルもない。ドイツ製の戦車も、アメリカ製の歩兵戦闘車も……。歩兵だけだよな？」

と大佐はテレジン曹長に確認した。

「はい。彼らは普段、燃料を扱い、滑走路や港湾を整備しているだけです。年一回の射撃訓練は嫌々で、銃も、さして手入れもされていないＭ‐４の突撃銃のみ。そして、アラスカ軍から増援が出た気配は無いし、今後もないでしょう」

「ここはそれなりに要衝のはずだが、どうしてこんなに無視されているのだ？」

「隣のシェミアは、基本的に空軍基地です。ここは海軍の施設で、海軍はアラスカの拠点を全て無くしました。海軍の意向のみでは、ここを守る守らないは決められない。滑走路があるだけなので、もし襲撃を受けたら、白旗を掲げて放棄すれば良いということでしょう。だから兵隊もほんの百人しかいない」

山肌に湿った空気がぶち当たり、白い霧が生まれていた。それが、島の南側、基地方向へも流れていく。

「どんな気分だ？　曹長」

「何かの野戦訓練に出たような気分ですね。自分にとって大事なことは、ここはウクライナではない。ただそれだけです。それだけでも、ここは天国ですよ。とても戦場だとは思えない」

「同感だな。あの地獄を経験した後とあっては、どんな戦場でも天国に思える。さあ、では部隊を纏めて山を降りるぞ！　われわれは、アメリカ合衆国の領土に、最初にロシア国旗を立てる人間になる！」

西から攻めるのは、第598独立空中襲撃大隊。東から攻めるのは同じ第83親衛独立空中襲撃旅団隷下の第635独立空中襲撃大隊。名目上は、二個大隊で攻め入ることになっているが、実際は、双方共に一個中隊規模もない。

それだけの兵員しかいないわけではなく、参加出来る輸送機の数と、乗せられる兵員の数で決まった。だが、第一波としては、こんなものだろうと皆が納得していた。もし敵が増援を送り込んでくるようなら、こちらもペトロパブロフスクから、増援部隊を送り込めば良い。

この島は、エルメンドルフより、ペトロパブロフスクの方が近い。シェミア島に至っては、ペトロパブロフスクからほんの一千キロしかないのだ。米露どちらが有利か、言うまでも無かった。

シェミア島攻略が後回しにされたのは、アダック島を抑えてしまえば、シェミア島などいつでも攻略できると考えられたからだった。

シアトルは夕方を迎えていた。ここも緯度が高いので、夏は二〇時から二一時まで太陽は沈まない。そして朝の五時には陽が昇る。

原田小隊を載せたC‐2輸送機は、夕陽を追い掛けるように飛んでいた。

待田が、現地の最新の気象衛星写真をモニターに表示した。

「三〇分前の撮影になります。ミリ波レーダーとレーザーを合わせた合成の分析になります」

「地面に広がるパラシュートとかはわからないの

か?」

「この状況では無理ですね。グロホが向かってますから、接近すれば敵兵もそれなりに見えますが」

「問題は滑走路だが……」

アダック基地上空は真っ白だった。

「パイロットから見てもこんなものか?」

「はい。しかしGPS進入は可能。滑走路のライトも、そこそこ点くようです」

「敵がすぐ飛行場に迫っているのに、いったん止まって兵隊を降ろしてUターンして離陸させるのか?」

「土門陸将補、着陸はお勧めしません! 空挺降下でお願いします。私が口を出すことではありませんが、航空自衛隊の輸送機に関することなので、意見させて下さい」

隣のモニターに映っているヤキマの三村一佐が険しい顔で言った。

「せっかくだが空挺は絶対ダメだ! 敵は空から降りてきた。基地の兵隊達は殺気立っている。そんな所にまた空挺が降りてきたら、下から撃たれるのが落ちだ。着陸は絶対条件だ」

「しかし、機体も大事です。そのクルーも」

「ひとつ、提案があります」

と待田が割って入った。

「衛星写真では、この飛行場は滑走路が二本見えますが、実は一本は未使用です。というか永久に閉鎖されています。そのために滑走路ナンバーも消されている。この南北に走る18/36がそうです。東から着陸してきて、どうせC‐2は六〇〇メートルかそこいらで止まります。そこで隊員と車両を降ろし、そのまま走って、この18/36へ左折。荷物も燃料も軽くなった機体は、二〇〇〇メートルもある滑走路の半分も使えば十分に離陸できるでしょう。何回かアダックに降りたＰ‐１のパイロットに聞いた所では、滑走路として使っていないだけで、維持補修はそれなりにされている。基地の隊員に聞いた所では、軽い機体なら使えるだろうとのことでした」

「出来ないとは言わないけれど、この霧の中、それをやれというのですか？」

「霧は、広がったり小さくなったりを繰り返しています。しばらく上空で旋回し、下から、タイミングを教えてもらえば可能です」

「他に方法はないのですか？　島の中央部に降りれば、十分安全に空挺降下できますよね」

土門が首を振った。

「そこいら中に湖が出来ている季節だ。安全確保はそれなりに難しい。三村さん、私も気は進まないが、一刻も早く、基地に防衛線を敷く必要がある。基地が陥落した後にたかが一個小隊送り込んでも、島民の避難誘導しか出来ない。だいたい、あそこの防空は、お宅の任務では無かったのかね？」

と土門は痛い所を突いた。

「突然、電子戦を仕掛けられて味方が全機避難した隙にやってこられた。しかし、仮に見えていたとしても、攻撃はできませんでした。交戦法規に抵触します。非武装の輸送機は撃ち落とせない」

「奇妙な話だ。その輸送機から飛び降りた兵士らは、島民も基地兵士も自由に殺せるのに、輸送機は撃ち落とせないなんて」

「その、土門将軍の部隊の二個小隊二機ですが……」

「いや、一機だ。もう一個小隊はここシアトルに今さっき降りた」

「え？　Ｃ‐２がもう一機、アダックに向かっていますよね？　それは海自の特警隊か誰かが乗っているのではないのですか？」

「そうです。三村一佐。こちらで連絡に不具合があっただけです！」

と隣で聞いていた恵理子が応じた。

「とにかく、この件は、そういう方向で降ろすしか無い。シアトルからは以上だ――」

土門は通信を切らせると、「どういうことだ？」と娘を睨んだ。

「だって、一個小隊ではどうにもならないでしょう？　日本からもう一個小隊、Ｃ‐２で出てもらいました」

「誰がだ？」

「さあ、特戦群のどこかの部隊か、ひょっとしたら甘利さんの訓練小隊かも知れないわね」

「あれはあくまでも訓練小隊だし、俺の命令なしに甘利が勝手に部隊を出すはずもないだろう。誰が出たんだ？」

「私は知りません。てっきり話は行っていると思ったけれど。どの道、時間差で二個小隊かそこいらはアダックに到着する。ロシア軍も、アントノフ‐12の二機分なら、兵力はほぼ互角でしょう。それで五分に戦える」

「誰だ……。俺に黙って勝手なことしやがって！　原田小隊を連れ戻すぞ……」

「自分の案でよろしいですね？」

と待田が聞いた。

「それで良い。霧が完全に晴れる前に部隊を降ろして展開させろ。もう一機のことは、俺は知らんからな。関知しない」

「了解です……」

アダック島周辺に、今味方機はない。だからアダック周辺のレーダー情報は全く得られなかった。わかっているのは、原田小隊を乗せたＣ‐２輸送機が、どこを飛んでいるのかというそれだけだった。

　アダック基地のアクセル・ベイカー海軍中佐は、両手にウォーキートーキーを二台持って走り回っていた。とにかく、基地を守ることより、犠牲者を出さないことが最優先だ。

　全員に武装はさせたが、滑走路から山側は捨てるしかなかった。そっちから撃ってくることはわかっているが、反撃するなと命じた。どうせ当たりはしない。

　コマンドを乗せた味方機が降りてくると聞いた時は、なんてクレイジーなと思った。滑走路がいつ戦場になるかわからない。霧が張っている内は、敵が無闇に撃ってくることもないだろうが、その状況では着陸はできない。逆に霧が晴れたら、着陸は出来ても敵がバンバン撃ってくるということだ。的が大きければ、数キロ離れた先からでも撃てるだろう。

　霧が中くらいに晴れたら教えてくれとは、都合が良すぎる話だった。

　ベイカーは、その連絡役をシールズのイーライ・ハント中尉に委ねた。イーライは、基地に戻ってはきたものの、ベイカーに任務報告する暇も無かった。

　ベイカーが、戦う気が全くなさそうなことに少し呆れたが、この基地が置かれた状況を考えれば、投げ出したくもなるだろう。責められなかった。

　ハント中尉とライス軍曹は、さらに装備を整えて、管制塔へと登った。管制官のスーザン・ベントン少尉が、ヘルメットに、ぶかぶかの防弾チョッキを着てそこに踏み留まっていた。

「スーザン、君、なんでこんな所に留まっているの？」

「私に誰も命令してくれないんです！　逃げろとか投降しろとか？」

少尉は今にも泣きそうだった。

ハント中尉は、レーダー画面を一瞥してから、三六〇度周囲を監視した。と言っても、視界が開けているのは滑走路側だけだが。

「われわれとここに留まった方が良い。今外に出るのは危険だ。だが安心してくれ。一緒にここを出られるようにする」

「イーライ、西の方が少し晴れてきた感じだ」

とマシューが指差した。

「晴れすぎな感じがするけどな。これ以上はもう待てないだろう」

一機が島の東海上で旋回飛行していた。

「スーザン、この空自機を降ろしてくれ。今視程はないが、突っ込む頃にはセンター・ラインが見えるはずだと」

西側にも、空自機が一機接近してくる。この機体まで降ろせると良いが。島までまだ一〇キロはありそうだった。ようやく隣のカナガ島上空に差し掛かった頃だ。

海上自衛隊下総基地を飛び立ったC - 2輸送機は、カナガ島に差し掛かった辺りで減圧を開始した。

サイレント・コア訓練小隊を率いる甘利宏一曹は、インカムを通じて眼の前の人間の装備をチェックしていた。降下服ではなく、スカイダイビング用のスーツを着ていた。スカイダイビング用のヘルメットにゴーグルだ。パッと見には特殊部隊のコマンドには見えなかった。

しかも銃も無い。

「下は恐らく、ミルクをぶちまけたような霧です。斜面に着地することになりますが、万一海面に降りた場合は――」

「それはないわ。ガーミンの最新のＧＰＳナビを装着して降りますから」

「はい、マム……。しかし、斜面ですから、それなりに転がることを想定して下さい」

「大丈夫よ。鉄砲は、護身用のピストル一挺。バヨネットより重たいものは持っていないし、私は軽いですから」

「はあ……」

　と甘利は固い表情を示した。

「せめてプレート・キャリアとか、ウォーキートーキーを装備して頂けませんか？　そうすれば、小隊長殿と連絡が取れますから」

「パパになるあの人の気苦労を増やしたくありません。アサルトが必要なら、ロシア兵から一挺借りますから。他に問題がありますか？」

「いえ。問題ありません」

「大丈夫よ！　これ外務省マターですから。貴方が後で責任を問われることはありません」

　と言うと、ヘッドセットを外して手渡した。後部ランプ・ドアが開く。刺すような冷気が一瞬でキャビンを満たした。

　Ｃ‐２輸送機がゆっくりとバンクを描くと、真下に、雪を被ったモフェット山の頂が見えてくる。だが、霧に覆われて、その山の裾野は見えなかった。従ってどこが海岸線かも全く見えない。

　甘利は、「神様、お許し下さい」と十字を切った。いたいけな羊の群れの中に、凶悪な狼を放つ無慈悲な行為をお許し下さい……、と祈った。

　原田小隊を乗せたＣ‐２輸送機は、ほんの四〇〇メートル走っただけで停まった。そこで部隊と車両を降ろした。そして、更に滑走路を走ると、南北滑走路の分岐手前でいったん減速し、南へ走る閉鎖滑走路に乗った。コクピットから見下ろす限りでは、別に草が生えているわけでもなく、そんなに酷いようには見えなかった。残りの燃料で日本まで飛べる。そこでいったん整備し、補給物資を積んでまたシアトルへと飛ぶことになる。

視程は、ほんの一〇〇メートル前後だが、贅沢は言えなかった。これ以上濃ければ滑走できないし、それ以上晴れれば、どこかから銃撃される。

パイロットに迷っている暇は無かった。タイヤがパンクすることを覚悟で、スロットルを全開して離陸した。

原田三佐は、滑走路上に降りた都市型汎用指揮車〝エイミー〟に乗り込むと、早速衛星回線を開いてシアトルに報告した。

「ハンターよりデナリ――、スパローは飛び立った。スパローは無事に飛び立った。ハンターはこれより作戦を開始する！」

「こちらデナリ。了解、ハンター。そこに客人が増えるらしいが、俺は聞いていない連中だ。現場でかち合うかもしれんから同士撃ちにならないよう。詳細がわかり次第、報告する。デナリ、アウト――」

原田は、エイミーを出させた。モニターを立ち上げるレスラーこと駒鳥綾三曹が、「思ったより寒いですね」と言った。

「そうだね。夏とは言え、ツンドラ気候地帯だからね」

部下達が隊列を作って管理棟方向へと走っていた。

「滑走路の北側に防御陣地が作られていますが、無視して良いんですね」

「今は良い。基地側がどういう防衛作戦を立てているのかを確認してからにする。だいたい、ここを死守するつもりなら、今あそこに人がいないのは変だよね」

原田は、改めてシアトルの待田を呼び出した。

「ガル、スキャン・イーグル01を放り出した。下が見えているか？」

「こちらガル。見えてます。霧は濃いものの、山肌を前進してくる敵兵が見えます。想定したより、大人数の空挺兵が乗っていたようですね。たぶん、北東側から三個小隊、北西側からも三個小隊規模です」

「そんなに！　エルメンドルフのF‐2部隊に、誘導爆弾を装備して飛ばしてくれ。その数じゃ、二時間持たないぞ」

「了解しています。ガル、いったんアウト――」

管制塔の前で、明らかに一般歩兵では無いコマンドが二人待ち構えていた。ネイビー・シールズだった。

原田は、車を降りて肩のベルクロをちらと剝がして階級章を見せた。

「チーム7？」

「そうです。自分はハント中尉。負傷者の収容に感謝します。自分はあのヘリに乗っていた」

「あ、そうそう。連絡が届いているのか知らないが、あの整備兵さんは、危機を脱したそうです。無事です！」

「感謝します！　少佐。それと、部隊に徹底して下さい。狼がいます。恐らく複数。どの程度、危険かは不明ですが」

「ここに狼？　野生ではないですよね？」

「いえ。たぶん、何者かが故意に持ち込んだものです」

「気を付けるよう全員に伝えます。まず防衛体制を教えて下さい」

原田は、エイミーを安全な所に移動させると、ちょっと変だよね」

自分はハント中尉の案内で管理棟へと向かった。霧はまた濃くなってくる。年間の半分がこういう季節では気が滅入るなと思った。

待田は、スキャン・イーグルの哨戒コースをデザインしながら、基地周辺の霧が濃くなったので、いったん山側へとスキャン・イーグルを向かわせた。

もう一機のC－2輸送機が、なぜかいったんモフェット山に向かった後、洋上へ大きく回り込んで、南側からアプローチしてくる。

島の南半分は、今は少し晴れていた。これなら安全に空挺降下できるだろう。

モフェット山は、当然ながら独立峰だ。高さは三九四二フィート（一一九六メートル）と知れているが、海面からせり上がっているせいで、それなりに高く見える。そして、山の上半分はずっと冠雪している。たぶん真夏でもスキーが出来るだろう。

どうかすると富士山のようにも見える。

スキャン・イーグルのEOセンサーが、兵士の隊列を捉えていた。足場が悪いのか、隊列はばらけていた。

装備を観察しようと、カメラをズームさせたら、奇妙な光景がそこにあった。誰かが地面に寝ていた。一瞬、寝ているように見えた。だがもちろんそうでは無い。斃れているのだ。

しかも、まだ暖かい何かが、首筋から漏れ流れている。そういう死体が、一つ、二つ、三つと続いた。何が起こっているのか一瞬理解しかねた。

前を歩く隊列の兵士らは、その様子に気付いていない。たぶん霧のせいだろう。そこに、姿勢を低くして隊列を追う何者かが見えた。

まるで四本足で歩く狼のようだ、と一瞬思った。

だがもちろん、狼では無かった。

「あら……」と待田が呻くと、土門は「はあ？　何だこれ！」と声を上げた。

　隣の席で、新人の花輪美麗三曹が、「え？　何ですか？」とモニターを覗き込む。

　待田は、「駄目！　見ちゃ駄目絶対！　これ、スプラッター・ムービーだから」とレンズをズームアウトした。

「ガル、あのバヨネットを銜えた狼みたいな獣は何だ？　なんでこんな所にいる！」

「知りません。自分は何も聞いておりませんので」

　恵理子が、「私ちょっと、姜さんとお話してきますから」とさっさと〝メグ〟を降りて行った。

　一人、また一人と間引きされるように兵士が声も出せずに斃れていく。こんなことをやってのけられるのは、この世に一人しかいなかった。なんで誰も気付かないのだ……。と土門は敵兵の命を案じた。

　霧が晴れてきそうだったので、司馬光一佐は、五人目の兵士から、アサルト・ライフルとマガジンを拝借した。特殊部隊向けのAK‐12SPアサルトだった。

「カラシニコフはカラシニコフ。悪くはないわよね……」

　霧が更に晴れて、モフェット山の優美な頂上が見えてきた。

「やっぱり自然は良いわねぇ。東京の夏もこれくらい涼しいと凌ぎやすいのに……」

　下部の霧が晴れそうだったので、司馬はいったんコースを戻った。ガーミンのナビゲーターは素晴らしいと思った。こんな辺鄙な孤島のハイキング・コースまで描き込まれている。

実に気分爽快！　ルンルン気分で鼻歌のひとつもつい出そうだった。

エピローグ

西山家が参加する〝幌馬車隊（WTF）〟、〝グリーン24〟プラトーンは、夜遅くになって遂にルイジアナ州の州都バトン・ルージュ近郊まで辿り着いた。バトン・ルージュは、抱える経済人口が一〇〇万人近い大都市だ。ニューオリンズに次ぐ規模を持つ。

このミシシッピ川沿いの街は、だが今灯りは無かった。街の大部分は、ミシシッピ川を渡った東側に広がる。ニューオリンズもその先だ。ここに灯りはないが、銃声はひっきりなしに聞こえてくる。

隊列は、他の幌馬車隊と共に、手前のミシシッピ川沿岸部で止まっていた。川沿いの河川敷にキャンプサイトがあり、そこに急造の仮設トイレが作られていた。川に垂れ流す感じの本当に手作りな仮設トイレだ。だが何もないよりはましだ。灯りは、めいめいが持つマグライトしかない。だが、数は力なりだ。不安は無かった。

車を止めてトイレの順番を待っていると、リーダーのドミニク・ジョーダンが現れた。

「いいか、予定だけ教える。あと一〇分後、携帯の中継器を装備した何かが、上空に来ることになっている。私が聞いているのは時間だけだ。どのくらい滞空するのか、電話まで出来るのかは知らない。ここは人口がでかいから、もしバトン・ルージュまで飛ぶとなると、あっという間に回線が塞がるだろう。だから、待機しててくれ！　せいぜいメール・チェックできるくらいだろう」

　西山夫妻は二人ともすぐ、スマホの機内モードを解除した。辺りは真っ暗闇だが、前後の車でも皆がそうするのがわかった。

「炊飯器とか届けば良いけれど……」と妻のソユンが気がかりを口にした。

「工場の場所まで教えたんだ。明日には入るんじゃないか？」

　その何かは、確かに飛んできた。旗がほんの二本立ち、メールを受信出来た。

　夫婦ともに、カケル青年から同じ文面のメールが届いていた。

「とりあえず、受信出来たってことだけ返事しとけ！」

　あまりに長く、一瞬で読める内容では無かった。

　ソユンは「有り難う、メール受信出来た！」とだけ返事を書いて送信ボタンを押した。それが精一杯だった。それ以上は、受信も、もちろん電話も出来なかった。

　旦那が先にそれを読んで、「スゲー！　スゲーぞ！」と興奮した声で連発した。

「もう届いたのかよ！――。あの業務用大型炊飯器の北米向けマニュアルを書いたのは俺なんだ！　翻訳はしなかったけどな。売れ行きも、パッとしなかったな……。ピザ焼き機はそれなりに売れたが。そうか！　あいつライバル店にも呼びかけて、やってくれたかッ！　にっぽん人の鑑だ！」

　西山は、狭く、暗い車内で、よしっ！　よしっ！　とガッツポーズを取った。

　遠くから銃声が響いてくる。川の向こうではない。曲がりくねって流れるミシシッピ川のこちら側から聞こえてくる。

これまで聞いた銃声とは異質な感じだった。ジョーダン氏が「姿勢を低く、低く！　頭を出すな」と自身も中腰で回りながら警戒を呼びかけた。

ソナタの隣に来ると、ドア越しに「ヤバイかもしれん」と話した。

「これまでとは規模が違う集団強盗だ。何百人かいるらしい。ここに、テキサスからの幌馬車隊が集まっていることを知って襲ってきたみたいだ。いざとなったら、荷物は全部差し出してくれ。子連れの親子は殺されずに済むことを祈ろう」

「戦わないんですか？」とソユンが聞いた。

「少し考える！　交渉の余地があるなら、物資をいくらか差し出して引き取ってもらうが……」

近くでパンパン！　と銃声が聞こえた。

「あ、くそ……。誰か早まって――」

他の幌馬車隊が勝手に発砲を始めたらしい。ここは河川敷だ。出入り出来るルートは限られる。拙いぞ。戦って血路を開くか、仲間がみんな死んだ後まで隠れて生き延び、降伏するかの二択しかなさそうだった。

ここまではついていたけどなぁ……、とジョーイ・西山は舌打ちした。どんな酷い状況でも、人生、楽観主義で乗り切ってきた。それが自分の取り柄だと自負していたが、西山は今、酷い寒気に襲われていた。

〈六巻へ続く〉

ご感想・ご意見は
下記中央公論新社住所、または
e-mail：cnovels@chuko.co.jpまで
お送りください。

C★NOVELS

アメリカ陥落5
――ロシアの鳴動

2024年3月25日　初版発行

著　者　大石 英司

発行者　安部 順一

発行所　中央公論新社
〒100-8152　東京都千代田区大手町1-7-1
電話　販売 03-5299-1730　編集 03-5299-1930
URL https://www.chuko.co.jp/

DTP　平面惑星

印　刷　三晃印刷（本文）
大熊整美堂（カバー・表紙）

製　本　小泉製本

Published by CHUOKORON-SHINSHA, INC.
Printed in Japan　ISBN978-4-12-501478-4 C0293

覇権交代 1
韓国参戦

大石英司

ホノルルの平和を回復し、香港での独立運動を画策したアメリカに、中国はまた違うカードを切った。それは、韓国の参戦だ。泥沼化する米中の対立に、日本はどう舵を切るのか？

ISBN978-4-12-501393-0 C0293　900円　カバーイラスト　安田忠幸

覇権交代 2
孤立する日米

大石英司

韓国の離反がアメリカの威信を傷つけ激怒させた。また韓国から襲来した玄武ミサイルで大きな犠牲が出た日本も、内外の対応を迫られる。両者は因縁の地・海南島で再度ぶつかることになり？

ISBN978-4-12-501394-7 C0293　900円　カバーイラスト　安田忠幸

覇権交代 3
ハイブリッド戦争

大石英司

米中の戦いは海南島に移動しながら続けられ、自衛隊は最悪の事態に追い込まれた。〈サイレント・コア〉姜三佐はシェル・ショックに陥り、この場の運命は若い指揮官・原田に委ねられる——。

ISBN978-4-12-501398-5 C0293　900円　カバーイラスト　安田忠幸

覇権交代 4
マラッカ海峡封鎖

大石英司

「キルゾーン」から無事離脱を果たしたサイレント・コアだが、海南島にはまた新たな強敵が現れる。因縁の林剛大佐率いる中国軍の精鋭たちだ。戦場には更なる混乱が⁉

ISBN978-4-12-501401-2 C0293　900円　カバーイラスト　安田忠幸

表示価格には税を含みません

覇権交代 5
李舜臣の亡霊

大石英司

海南島の加來空軍基地で奇襲攻撃を受けた米軍が壊滅状態に陥り、海口攻略はしばらくお預けに。一方、韓国では日本の掃海艇が攻撃されるなど、緊迫が続き——？

ISBN978-4-12-501403-6 C0293　980円　カバーイラスト　安田忠幸

覇権交代 6
民主の女神

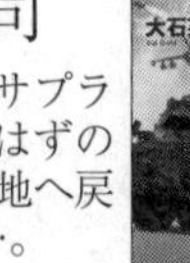

大石英司

ついに陸将補に昇進し浮かれる土門の前にサプライズで現れたのは、なんとハワイで別れたはずの《潰し屋》デレク・キング陸軍中将。陵水基地へ戻る予定を変更し海口攻略を命じられるが……。

ISBN978-4-12-501406-7 C0293　980円　カバーイラスト　安田忠幸

覇権交代 7
ゲーム・チェンジャー

大石英司

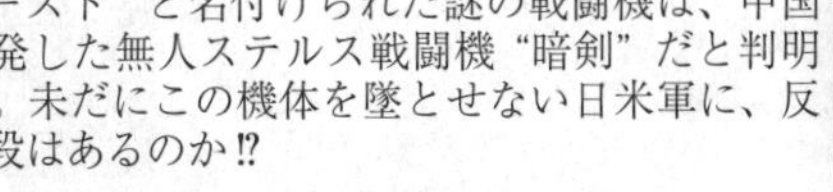

“ゴースト”と名付けられた謎の戦闘機は、中国が開発した無人ステルス戦闘機“暗剣”だと判明した。未だにこの機体を墜とせない日米軍に、反撃手段はあるのか⁉

ISBN978-4-12-501407-4 C0293　980円　カバーイラスト　安田忠幸

覇権交代 8
香港ジレンマ

大石英司

これまでに無い兵器や情報を駆使する新時代の戦争は最終局面を迎えた。各国がそれぞれの思惑で動く中、中国軍の最後の反撃が水陸機動団長となった土門に迫る⁉　シリーズ完結。

ISBN978-4-12-501411-1 C0293　980円　カバーイラスト　安田忠幸

東シナ海開戦 1
香港陥落

大石英司

香港陥落後、中国の目は台湾に向けられた。そして事態は、台湾領・東沙島に五星紅旗を掲げたボートが侵入したことで動きはじめる！　大石英司の新シリーズ、不穏にスタート⁉

ISBN978-4-12-501420-3 C0293　1000円

カバーイラスト　安田忠幸

東シナ海開戦 2
戦狼外交

大石英司

東沙島への奇襲上陸を行った中国軍はこの島を占領するも、残る台湾軍に手を焼いていた。またこの時、上海へ向かい航海中の豪華客船内に凶悪なウイルスが持ち込まれ……⁉

ISBN978-4-12-501424-1 C0293　1000円

カバーイラスト　安田忠幸

東シナ海開戦 3
パンデミック

大石英司

《サイレント・コア》水野一曹は、東沙島からの脱出作戦の途中、海上に取り残される。一方、その場を離れたそうりゅう型潜水艦“おうりゅう”は台湾の潜水艦を見守るが､前方には中国のフリゲイトが……。

ISBN978-4-12-501425-8 C0293　1000円

カバーイラスト　安田忠幸

東シナ海開戦 4
尖閣の鳴動

大石英司

《サイレント・コア》土門陸将補のもとに、ある不穏な一報が入った。尖閣に味方部隊が上陸したというのだ。探りをいれると、島に上陸したのは意外な部隊だとわかり？

ISBN978-4-12-501429-6 C0293　1000円

カバーイラスト　安田忠幸

表示価格には税を含みません

東シナ海開戦 5
戦略的忍耐

大石英司

土門陸将補率いる〈サイレント・コア〉二個小隊と、雷炎大佐ら中国解放軍がついに魚釣島上陸を果たす。折しも中国は、ミサイルによる飽和攻撃を東シナ海上空で展開しようとしていた……。

ISBN978-4-12-501434-0 C0293　1000円　　カバーイラスト　安田忠幸

東シナ海開戦 6
イージスの盾

大石英司

中国の飽和攻撃を防いだのも束の間、今度は中華神盾艦四隻を含む大艦隊が魚釣島に向けて南下を始めた。イージス艦“まや”と“はぐろ”、潜水艦“おうりゅう”はその進攻を阻止できるか⁉

ISBN978-4-12-501436-4 C0293　1000円　　カバーイラスト　安田忠幸

東シナ海開戦 7
水機団

大石英司

テロ・グループによるシー・ジャック事件が不穏な背景を覗かせる中、戦闘の焦点はいよいよ魚釣島へ。水機団の派遣が決まる一方、中国からは大量の補給物資を載せた“海亀”が発進していた。

ISBN978-4-12-501439-5 C0293　1000円　　カバーイラスト　安田忠幸

東シナ海開戦 8
超限戦

大石英司

水機団上陸作戦で多数の犠牲者を出した魚釣島の戦闘も、ついに最終局面へ。ところがその頃、成田空港に、ベトナム人技能実習生を騙る、人民解放軍の秘密部隊が降り立ったのだった。

ISBN978-4-12-501441-8 C0293　1000円　　カバーイラスト　安田忠幸

台湾侵攻 1
最後通牒

大石英司

人民解放軍が大艦隊による台湾侵攻を開始した。一方、中国の特殊部隊の暗躍でブラックアウトした東京にもミサイルが着弾……日本・台湾・米国の連合軍は中国の大攻勢を食い止められるのか！

ISBN978-4-12-501445-6 C0293　1000円　カバーイラスト　安田忠幸

台湾侵攻 2
着上陸侵攻

大石英司

台湾西岸に上陸した人民解放軍２万人を殲滅した台湾軍に、軍神・雷炎擁する部隊が奇襲を仕掛ける——邦人退避任務に〈サイレント・コア〉原田小隊も出動し、ついに司馬光がバヨネットを握る！

ISBN978-4-12-501447-0 C0293　1000円　カバーイラスト　安田忠幸

台湾侵攻 3
電撃戦

大石英司

台湾鐵軍部隊の猛攻を躱した、軍神雷炎擁する人民解放軍第164海軍陸戦兵旅団。舞台は、自然保護区と高層ビル群が隣り合う紅樹林地区へ。後に「地獄の夜」と呼ばれる最低最悪の激戦が始まる！

ISBN978-4-12-501449-4 C0293　1000円　カバーイラスト　安田忠幸

台湾侵攻 4
第2梯団上陸

大石英司

決死の作戦で「紅樹林の地獄の夜」を辛くも凌いだ台湾軍。しかし、圧倒的物量を誇る中国第２梯団が台湾南西部に到着する。その頃日本には、新たに12発もの弾道弾が向かっていた——。

ISBN978-4-12-501451-7 C0293　1000円　カバーイラスト　安田忠幸

表示価格には税を含みません

台湾侵攻 5
空中機動旅団

大石英司

驚異的な機動力を誇る空中機動旅団の投入により、台湾中部の濁水渓戦線を制した人民解放軍。人口300万人を抱える台中市に第2梯団が迫る中、日本からコンビニ支援部隊が上陸しつつあった。

ISBN978-4-12-501453-1 C0293 1000円

カバーイラスト 安田忠幸

台湾侵攻 6
日本参戦

大石英司

台中市陥落を受け、ついに日本が動き出した。水陸機動団ほか諸部隊を、海空と連動して台湾に上陸させる計画を策定する。人民解放軍を驚愕させるその作戦の名は、玉山（ユイシャン）――。

ISBN978-4-12-501455-5 C0293 1000円

カバーイラスト 安田忠幸

台湾侵攻 7
首都侵攻

大石英司

時を同じくして、土門率いる水機団と“サイレント・コア”部隊、そして人民解放軍の空挺兵が台湾に降り立った。戦闘の焦点は台北近郊、少年烈士団が詰める桃園国際空港エリアへ――！

ISBN978-4-12-501458-6 C0293 1000円

カバーイラスト 安田忠幸

台湾侵攻 8
戦争の犬たち

大石英司

奇妙な膠着状態を見せる新竹地区にサイレント・コア原田小隊が到着、その頃、少年烈士団が詰める桃園国際空港には、中国の傭兵部隊がＡＩ制御の新たな殺人兵器を投入しようとしていた……

ISBN978-4-12-501460-9 C0293 1000円

カバーイラスト 安田忠幸

台湾侵攻９
ドローン戦争

大石英司

中国人民解放軍が作りだした人工雲は、日台両軍を未曽有の混乱に陥れた。そのさなかに送り込まれた第３梯団を水際で迎え撃つため、陸海空で文字どおり〝五里霧中〟の死闘が始まる！

ISBN978-4-12-501462-3 C0293　1000円

カバーイラスト　安田忠幸

台湾侵攻10
絶対防衛線

大石英司

ついに台湾上陸を果たした中国の第３梯団。解放軍を止める絶対防衛線を定め、台湾軍と自衛隊、〝サイレント・コア〟部隊が総力戦に臨む！　大いなる犠牲を経て、台湾は平和を取り戻せるか！

ISBN978-4-12-501464-7 C0293　1000円

カバーイラスト　安田忠幸

パラドックス戦争　上
デフコン3

大石英司

逮捕直後に犯人が死亡する不可解な連続通り魔事件。核保有国を震わせる核兵器の異常挙動。そして二一世紀末の火星で発見された正体不明の遺跡……。謎が謎を呼ぶ怒濤のＳＦ開幕！

ISBN978-4-12-501466-1 C0293　1000円

カバーイラスト　安田忠幸

パラドックス戦争　下
ドゥームズデイ

大石英司

正体不明のＡＩコロッサスが仕掛ける核の脅威！乗っ取られたＮＧＡＤを追うべく、米ペンタゴンのM·Aはサイレント·コア部隊と共闘するが……。世界を狂わせるパラドックスの謎を追え！

ISBN978-4-12-501467-8 C0293　1000円

カバーイラスト　安田忠幸

表示価格には税を含みません

アメリカ陥落 1
異常気象

大石英司

アメリカ分断を招きかねない"大陪審"の判決前夜。テキサスの田舎町を襲った竜巻の爪痕から、異様な死体が見つかった……迫真の新シリーズ、堂々開幕！

ISBN978-4-12-501471-5 C0293　1100円

カバーイラスト　安田忠幸

アメリカ陥落 2
大暴動

大石英司

ワシントン州中部、人口八千人の小さな町クインシー。ＧＡＦＡＭ始め、世界中のデータ・センターがあるこの町に、数千の暴徒が迫っていた――某勢力の煽動の下、クインシーの戦い、開戦！

ISBN978-4-12-501472-2 C0293　1100円

カバーイラスト　安田忠幸

アメリカ陥落 3
全米抵抗運動

大石英司

統治機能を喪失し、ディストピア化しつつあるアメリカ。ヤキマにいたサイレント・コア部隊は邦人救出のため、一路ロスへ向かうが――。

ISBN978-4-12-501474-6 C0293　1100円

カバーイラスト　安田忠幸

アメリカ陥落 4
東太平洋の荒波

大石英司

空港での激闘から一夜、ＬＡ市内では連続殺人犯の追跡捜査が新たな展開を迎えていた。その頃、シアトル沖では、ついに中国の東征艦隊と海上自衛隊第四護衛隊群が激突しようとしていた――。

ISBN978-4-12-501476-0 C0293　1100円

カバーイラスト　安田忠幸